추운 겨울을 이겨낸

―

봄꽃처럼

신명순 지음

추운 겨울을 이겨낸 봄꽃처럼

초판 1쇄 발행 2022년 2월 5일

지 은 이 신명순
발 행 인 권선복
편   집 한영미
디 자 인 서보미
전 자 책 오지영
발 행 처 도서출판 행복에너지
출판등록 제315-2011-000035호
주   소 (157-010) 서울특별시 강서구 화곡로 232
전   화 0505-613-6133
팩   스 0303-0799-1560
홈페이지 www.happybook.or.kr
이 메 일 ksbdata@daum.net

값 20,000 원
ISBN 979-11-5602-962-5 (03810)

Copyright ⓒ 신명순, 2022

도서출판 행복에너지는 독자 여러분의 아이디어와 원고 투고를 기다립니다. 책으로 만들
기를 원하는 콘텐츠가 있으신 분은 이메일이나 홈페이지를 통해 간단한 기획서와 기획의
도, 연락처 등을 보내주십시오. 행복에너지의 문은 언제나 활짝 열려 있습니다.

추운 겨울을 이겨낸

― 봄꽃처럼

신명순 지음

게는 항상 '최초'라는 수식어가 따라붙는다.
렇게 내가 가는 길이 곧 김포의 새로운 역사가 되고 있다.
순히 '최초'라는 수식어 기록에만 그치지 않도록
포시와 시민을 위해, 더 좋은 선택을 위해,
는 멈추지 않을 것이다.
독한 시련을 거쳐 찬란한 빛을 발하는,
운 겨울을 이겨낸 봄꽃처럼!

행복에너지

독일의 앙겔라 메르켈 총리, 뉴질랜드의 저신다 아던 총리, 노르
웨이의 에르나 솔베르그 총리, 핀란드의 산나 마린 총리, 덴마크
의 메테 프레데릭센 총리, 대만의 차이잉원 총통…. 이들의 공통
점은 신종 코로나바이러스 감염증(코로나19) 방역의 모범사례로 꼽
히는 나라들의 지도자인 동시에 모두 여성으로서 국정을 이끌고
있다는 점이다.

코로나19 팬데믹 상황에서 특히 여성 지도자들의 탁월한 리더
십과 위기관리 능력이 돋보였다. 여성 지도자들은 초기 봉쇄와 최
대 경계 수준을 빠르고 명확하게 결정했다. 뿐만 아니라 이들은
국민과 자주 소통하며 "집에 머물며 생명을 구하자." 등의 메시지
를 강조했고, 공동책임으로 국가를 하나로 만들었다.

여성 지도자들의 코로나 리더십은 특히 어린이 등 취약계층에
대한 배려를 담고 있었으며, 효과적인 메시지와 판단력에 잇따른
찬사가 언론을 통해 쏟아졌다. 그들은 탁월한 판단력과 발 빠른
대처로 위기로부터 국가와 국민을 구하는 데 뛰어난 리더십을 보
였다.

세계의 여성 지도자들이 이렇게 내 앞에서 훌륭한 일을 해주고 있기에 나도 용기를 낸다.

그리고 나 또한 내 뒤를 따라오는 누군가에게 용기를 줄 수 있는 나침판과 같은 역할을 하고 싶다.

시류에 휩쓸리지 않고 겸손한 마음으로 한 걸음 한 걸음 꾹꾹 눌러 밟아 정도를 걸어간다면, 분명 내가 남긴 발자국도 길을 잃고 헤매는 이들에게 나침판이 되어 선한 영향을 줄 수 있으리라 믿는다.

12년간의 의정활동

2010년 지방선거를 한 달 앞두고 비례대표 시의원을 제안받았고, '내가 무슨… 안 되는데, 아닌데….' 하면서도 운명처럼 선거를 준비하고 있었고, '안 될 수 있어.' 했는데 운명처럼 당선되었다.

처음 4년은 배우면서, 재선 4년은 배운 것을 실천하면서, 그리고 삼선 4년은 8년간의 의정활동에서 얻은 경험을 바탕으로 의장을 맡아 의회를 이끌어왔다.

의정활동은 늘 선택의 연속이었다. 어떤 것을 선택하느냐에 따라 결과가 달라지기 때문에 선택의 순간은 언제나 엄청난 무게로 다가왔다. 한번 결정된 사안은 되돌리기 어렵기에 매 순간 선택의 시간은 무거웠다.

김포의 운명을 결정하는 일, 결과를 예측할 수 없는 일에 정치인들은 모험을 할 때도 있다. 하지만 한 가지 분명한 것은 정치인들이 하는 선택은 각자 다른 입장에서 시민을 위해 내려진다는 것이다.

코로나 상황 속에서 세계의 여성 리더들도 그랬을 것이다. 그들의 용기 있는 결단이 위기 속에서 국가와 국민을 하나로 만들었기에 나도 희망을 가져 본다.

김포시 최초 민주당 여성 비례대표 시의원, 김포시 최초 여성 부의장, 김포시 최초 여성 3선 의원, 김포시 최초 여성 의장….

내게는 항상 '최초'라는 수식어가 따라붙는다. 그렇게 내가 가는 길이 곧 김포의 새로운 역사가 되고 있다.

그래서 두렵기도 하다. 하지만 나는 앞으로 나아갈 것이다.

단순히 '최초'라는 수식어 기록에만 그치지 않도록 김포시와 시민을 위해, 더 좋은 선택을 위해, 나는 멈추지 않을 것이다.

혹독한 시련을 거쳐 찬란한 빛을 발하는, 추운 겨울을 이겨낸 봄꽃처럼!

2022년 추운 겨울날
봄을 꿈꾸며

신명순

김상희 | 대한민국 국회부의장

김포시의회 신명순 의장의 책 『추운 겨울을 이겨낸 봄꽃처럼』에는 대학을 갓 졸업한 청년 신명순의 성장통과 더 나은 미래를 향한 불타는 열정이 담겨 있습니다.

지역신문 기자, 요가강사, 다양한 직업을 경험하며 운명처럼 다가온 정치인의 길을 잘 헤쳐 나갔고, 그렇게 한 발 한 발 내딛는 신명순 의장의 모습을 보면서 여성 정치인의 희망을 보았습니다.

지방의원이라는 길로 들어선 신명순의 삶 역시 순탄치 않았지만, 여성 정치인으로서의 원칙과 소신을 버리지 않았으며 줄곧 약자의 편에 서서 일하는 모습은 풀뿌리 민주주의 정신을 잘 펼쳐가고 있는 것 같아 응원해 주고 싶은 마음이 들었습니다.

비례대표 시의원을 시작으로 김포시 최초 여성 부의장, 그리고 여성 의장까지 신 의장의 정치 행보는 앞으로가 더 기대됩니다.

추운 겨울을 이겨낸 봄꽃을 보면 내 마음도 설렙니다.

그 꽃이 바람에 흩날리는 것을 보면 나도 새 희망을 노래하곤 합니다.

신명순은 '추운 겨울을 이겨낸 봄꽃처럼' 앞으로가 더욱 반짝일 것이라고 나는 확신합니다.

김주영 | 더불어민주당 김포시(갑) 국회의원

혹독한 추위의 겨울을 이겨낸 봄꽃들은 잎보다 먼저 꽃을 피웁니다. 그 어떤 수식도 없는 '꽃' 그 자체의 향기처럼, 시련으로부터 단련된 사람의 진솔한 내면 또한 그렇지 않을까 생각합니다.

신명순 의장의 책, 『추운 겨울을 이겨낸 봄꽃처럼』은 쉽지 않은 여성 정치인의 길을 묵묵히, 그리고 당당하게 헤쳐 온 역정을 '추운 겨울'과 '봄꽃'으로 담담하게 그려내고 있습니다.

기자와 요가강사, 전혀 정치와 어울릴 것 같지 않은 직업인의 삶이었지만 자신에게 주어진 기회를 마다하지 않음으로써 정치인이 될 수 있었고, 3선 정치인이라는 쉽지 않은 성취를 이루었다고 생각합니다.

지역정치인으로 저와 함께 한 기간은 이제 2년여 정도에 불과합니다. 그러나 제가 지켜본 신 의장은 철도망 유치를 위해 용광로처럼 분출하던 시민들의 열망을 대변해야 하는 시의회를 이끌어 가는 의회 의장으로서 중압감을 이겨내고 책임 있게 역할을 해내었습니다. 그 모습을 보면서 3선 시의원의 내공을 새삼 느끼게 되었습니다.

신 의장은 책의 제목과 같이 '추운 겨울을 이겨낸 봄꽃처럼' 그렇게 정치인으로 꽃을 피워 가고 있는 것 같습니다. 그동안 쌓은 경험이 자양분이 되어 앞으로 더 멋진 꽃을 피우길 기대해 봅니다.

박상혁 | 더불어민주당 김포시(을) 국회의원

이 책을 통해 '신명순'이라는 원칙과 책임감이 몸에 밴 사람, 스스로를 성찰할 줄 알고 배우는 데 주저함이 없는 사람이 어떻게 만들어졌는지를 알 수 있었습니다.

신명순 의장은 특유의 성실함으로 김포 최초의 여성 시의장, 3선 여성 시의원이라는 역사를 썼습니다.

신 의장은 시민들과 끊임없이 소통하며 세심하고 따뜻한 의정활동을 해 나가고 있습니다. 신명순 의장의 묵묵히 자신의 역할을 해 나가는 진정성 있는 정치방식은 큰 장점입니다.

이 책은 한 명의 정치인이 탄생하기까지 어떤 고뇌와 성장의 과정이 필요한지를 잘 보여줍니다.

완전히 새로운 길을 선택할 때의 두려움과 긴장을 저도 잘 알고 있습니다.

그 시간을 이겨내고 자신의 것으로 소화하여, 제대로 역할을 하고 변화를 만들어 낸 신명순 의장. 그가 보여준 모습이 많은 이들에게 감명을 줄 것으로 기대합니다.

김포의 역사를 새로 쓰고 있는 신명순 의장의 행보, 늘 관심 갖고 응원하겠습니다.

추운 겨울을 이겨낸 봄꽃처럼

평소 의정활동과 대학원 동기생으로 바라보던 신명순 의장의 차분하고 끈기 있는 매력을 책을 통해 다시 확인했습니다. 기자 출신이나 책의 문구를 기술적으로 풀어내기보다는 도전과 선택의 참된 의미와 철학이 자연스럽게 배어 나와 있습니다. 화려한 어휘나 단어가 아닌 진솔한 삶을 그대로 보여주는 본인의 꾸밈없는 삶을 그려 더 신명순을 볼 수 있었고, 이미 신명순은 준비되어 있음을 알 수 있었습니다.

책을 읽으면서 '아버지 사랑과 본인의 성실함이 김포시의회 최초 3선 여성 의장을 만들었고, 잠재되어 있던 부드러운 여성의 리더십을 깨웠구나'를 느꼈습니다. 어린 시절(고향), 아버지(가족), 20대 삶, 기자의 삶, 새로운 도전의 요가강사의 삶, 정치의 입문과 김포시의회 최초 3선 여성 의장의 삶 등을 통해 지난 시절에 대한 그리움과 과거에 대한 동경, 그리고 마지막으로 미래를 이끌 당찬 포부를 느꼈습니다. 또한 제 삶에 있어서 '시흥시의회 기초(여성)의원'에서 '청와대 선임행정관'으로, 다시 '시흥시(갑) 국회의원'으로의 도전들을 다시 돌아보는 계기도 되었습니다.

신명순 의장의 새로운 도전에 '당신은 있는 그대로 충분하다는 사실'을 잊지 않길 바라봅니다. 또한 새롭게 입문할 후배 정치인들에게 큰 조언이 될 책일 것입니다.

국민 생활과 가장 맞닿아 있고 역할이 갈수록 중요해지는 지방정부 의회에서 여성 숫자가 적은 것은 안타까운 일입니다.

신명순 의장의 『추운 겨울을 이겨낸 봄꽃처럼』은 이러한 척박한 환경에서 기초의회 비례대표 시의원으로 시작해 3선 여성의원으로 의장까지 된 정치인의 성장을 잘 보여주고 있습니다.

따뜻한 성품을 가진 소녀에서, 기자와 요가강사를 거쳐 정치에 입문하게 되기까지, 그리고 경험만으로는 부족하다고 느껴 이화여자대학교 정책과학대학원에서 한국여성의정 장학생으로! 신 의장의 정치 인생이 마치 운명처럼 이어지는 과정을 책에 잘 녹여낸 듯합니다.

무엇보다도 초선과 재선 8년간의 의정활동 경험을 잘 살려 동료 의원들과 배려·소통·협력하며 제7대 김포시의회를 이끌고 있는 신 의장의 리더십은 차세대 지방의원의 길잡이가 될 것입니다.

업무능력, 리더십뿐만 아니라 젠더 감수성까지 갖춘 신 의장과 같은 여성 정치인이 보다 많이 지방의회에 진출하여 정치와 행정을 개혁하고 국민의 삶을 바꾸는 데 기여하기를 희망합니다. 도전하고 개척하며 성장해 나가는 모든 여성 정치인들을 응원합니다.

그런 사람이 있습니다. 언제 어디서 만나도 반갑고 든든해서 그저 흐뭇해지는…. 신명순 김포시의회 의장입니다. 우린 한때 직장에서 같은 팀으로 호흡을 맞췄고, 현재는 나란히 정치인의 길을 걸으면서도 한결같이 정답습니다. 내심 자랑이고 행운입니다.

신 의장이 지난 삶의 여정과 3선 의원의 경험을 글로 엮는 수행을 마쳤습니다. 지나온 길의 갈피들을 반추하며 현재의 좌표를 정비하고, 또 다른 역할로의 도약을 알리는 당찬 신호탄 같습니다.

선출직 공직자에게 '가장 이상적인 활동'의 전형이란 게 있을까요? 자신의 정치 신념과 가치를 담아 법을 만들고, 정책으로 추진토록 적절한 재정을 담아내는 과정에서 의식이 자라고, 활동 목표가 선명해지는 지점은 있는 것 같습니다. 신 의장의 글에서도 발견했습니다.

기자, 요가강사를 거쳐 김포시의회에 입성해 부의장, 최초의 여성 의장으로 올곧은 리더십을 발휘하기까지 부딪친 난관들을 디딤돌 삼는 지혜로운 긍정 마인드가 그것입니다.

신 의장이 3년 전 갑자기 사고사로 아버지를 여의고 부르는 사부곡 장에선 자꾸 눈앞이 흐려졌습니다. 사랑하는 사람과의 이별은 변혁입니다. '나는 부모라는 자양분을 소진하며 성장하는 존재'라는 명료한 깨달음을 품은 신 의장의 행보를 응원하며 다음 사부곡을 기대합니다.

이석영 | 대한노인회 김포시지회 지회장

제가 아는 신명순 의장님의 10년이 넘는 의정활동을 보면 장애인과 청소년 근로자의 인권문제, 북한이탈주민 정착지원, 중증장애인자립지원, 임산부전용주차장 등 어려운 이웃들을 위해 많은 노력을 해 왔습니다.

이와 더불어 「노인복지 증진 기본조례」 등 노인을 위한 활동에도 꾸준한 관심을 가지고 열심히 노력하는 모습에 김포시 노인들을 대표하여 감사의 마음을 전합니다.

그러나 제가 가장 높게 평가하는 것은 여야의 논리에 좌우되지 않고 오직 김포시의 발전을 위한 확고한 의지의 활동입니다. 그것이야말로 우리 김포시민이 원하는 의원상이며 존경할 수밖에 없는 인간상입니다.

김포의 미래는 김포를 사랑하는 분들에 의하여 만들어집니다. 많은 정객들이 앞으로의 청사진을 발표하고 있습니다만 우리가 알 수 있는 것은 과거의 활동이 현재를 만든다고 생각합니다. 물론 현재의 활동으로 미래가 결정되며 그래서 신명순 의장님의 미래가 긍정적일 것입니다.

앞으로 다양한 분야에서 폭넓은 활동이 기대되며 특히 우리 김포시의 발전과 시민복지는 물론 어려운 노인들의 삶이 향상되길 바라며 늘 신명나는 신명순으로 나라의 큰 기둥이 되어주기를 기원합니다.

조한승 | 새마을 경로대학 학장

평생을 교육자로 봉직하면서 많은 제자들을 만났지만 우리 신명순 의장처럼 언제나 사려 깊고, 인간성 좋은 제자는 극히 드물었던 것 같습니다.

대학을 졸업하고 어느 날부터 지역의 신문기자로 여기저기 쉴 새 없이 뛰어다니더니 어느 날부터는 요가강사를, 어느 날부터는 비례대표 시의원이 되었다며 의정활동을 열심히 하는 것을 보게 되었습니다. 학창시절 보아왔던 모습과는 많이 다른 모습이긴 했지만 맡은바 성실히 일하고, 주위로부터 좋은 평판을 듣는 것을 보고 내심 뿌듯함을 느꼈습니다.

재선, 삼선 의원이 되면서 지역의 민원을 내 일처럼 해결해 나가는 모습을 보면서 김포를 지키는 소중한 인재가 되겠구나 하는 기대를 가지게 되었습니다.

이 책『추운 겨울을 이겨낸 봄꽃처럼』에 신 의장의 살아온 길이 온전히 담겨 있습니다. 신 의장은 명석한 두뇌와 뛰어난 판단력을 가진 사람으로 앞으로 우리 김포 발전의 견인차 역할을 톡톡히 할 것이라 믿어 의심치 않습니다.

추운 겨울을 이겨낸 봄꽃처럼 사람들의 사랑을 듬뿍 받는 정치인이 되기를 희망합니다.

신명 나는 김포의 기수! 신명순 의장님 파이팅!!

이화자 | 대포서원 원장

최고의 리더십과 여성리더의 롤 모델로 꼽히는 김포시의회 신명순 의장은 여성들의 숨겨진 잠재력을 끌어내어 여성들의 권익과 능력 향상을 위한 활동을 끊임없이 펼쳐온 김포 여성들의 한 줄기 빛이다.

여성은 본래 남성보다 힘이 약할 순 있지만 다른 부분에선 무척이나 뛰어나다.

이런 면에서 신명순 의장은 1%의 재능보다는 99%의 노력으로 일을 처리하는 여성이라 칭하고 싶다.

그러기에 신명순 의장을 표현할 가장 적절한 말은 외유내강형이 아닐까 싶다.

겉으로는 유해 보이지만 내면은 그 누구보다도 강한 여성으로 그 잠재력을 십분 발휘하여, 성장하는 김포에 한 획을 담당할 수 있을 것이라 믿어 의심치 않는다.

그런 의미에서 신명순 의장은 앞으로 다가올 시대가 원하고 요구하는 여성이라 칭하며, 앞으로의 여정을 기대한다.

이재영 | (사)한국문인협회 김포지부 (전)회장, 전문MC

정치인에게는 주어진 권력이 클수록 시민과 언론의 '감시와 견제'가 필요하다. 그로 인해, 정치인은 그 권력을 올곧이 시민의, 시민에 의한, 시민을 위한 공적 이익에 국한해 쓰게 될 것이기 때문이다. 그것이 바로 신명순 의장이 바라는 신명 나는 김포를 만드는 정치인의 자세일 것이라고 믿는다.

정치인에게 있어 '소통의 리더십'은 책임이자 의무다. 더구나 진정성을 느낄 수 있는 소통은, 생각보다 흔치 않다. 권모술수가 난무하는 정치판에서, 당정에 의한 불가피한 선택을 제외한다면 적어도 내가 아는 그녀는 소통에 있어, 진심이다. 그 진정성과 지역에 대한 무한 애정은 그간의 김포시의회 의정활동을 통해 입증되고 있다. 2010년 민주당의 비례대표를 시작으로 정계에 입문, 현재 3선 시의원으로서 김포시의회 의장이 된 그녀의 미래가 기대되는 이유다.

신명 나는 김포를 꿈꾸는 신명순 의장의 생애 첫 출판을 축하하며 그녀가 걸어갈 앞길에, 오프라 윈프리가 세계적으로 영향력 있는 인물이 되기까지의 성공비결을 담은 책, 『내가 확실히 아는 것들』 가운데 "만약, 무엇이든 해보고자 하는 마음을 열면, 당신이 치르는 가장 고된 투쟁은 당신의 가장 훌륭한 강점으로 이어질 것이다." 이 문장을 그녀에게 전한다.

홍갑동 | 통진중·고 딱 10년 선배

　오래전 어느 날 사무실로 후배가 찾아왔다. 신문사 기자가 되었다고 했다. 기자라는 일이 힘든 일이기에 걱정이 됐다. 왜 신문기자를 하려고 하냐고 물었다. 재미있을 것 같고, 잘할 수도 있을 것 같다고 했다. 이것이 지역을 위한 일이라면 더 해보고 싶다고 했다.

　기대를 갖고 지켜봤다. 역시나, 기대를 어기지 않았다. 지역을 밝히는 좋은 기사를 많이 썼다.

　몇 년이 지났다. "선배님, 잘 지내셨지요? 저 명순이에요. 이번에 지방선거에 비례대표로 나가게 되었어요!" 새로운 도전 앞에서 설렘과 걱정이 뒤섞인 목소리로 전화를 했다. 품성 좋고 성실한 후배가 당연히 잘 해낼 것이라는 믿음이 있었다.

　그리고 당선! 신명 나는 김포를 위해 열심히 듣고 보고 말하고 뛰더니 어느덧 3선의 시의원, 김포시의회 최초 여성 의장이 되어 있었다.

　앞으로 그녀가 만들어 가려는 세상은 어떠할지 상당히 궁금하다.

　따뜻한 품성과 몸에 익은 성실, 지조 있는 의리를 보더라도 추운 겨울을 이겨낸 봄꽃처럼 향기로 가득하지 않을까?

　기대하고 기대하며 바라본다.

오래전 그 시절, 열일곱 예민하게 수집한 나의 이야기를 가장 잘 들어주고 감정들을 위로해 주던 사람. 처음 만난 모습처럼 지금까지 33년간 변함없는 따뜻한 사람.

　내 오랜 친구 신명순의 글에서는 학창시절의 향기가, 김포의 풍경이, 고집스러운 성실함이, 배려 깊은 따뜻함이 느껴진다.

　그녀가 말한 한 시기의 추억을 공유하였기에 삶을 더욱 풍요롭게 해줄 수 있었다던 많은 사람들 중 한 명인 나는 그녀의 책임감과 성실함, 그리고 따뜻함을 보증할 자신이 있다.

　흔히들 정치인을 '따뜻한 사람'이라고 말하기엔 너무 생경한 느낌일 것이다. 내 친구 명순이가 정치인이 되기 전까지는 나도 그랬으니까.

　나는 이 책을 덮으며 이 따뜻하고 섬세하고 솔직한 정치인이 내 친구라는 사실이 다시 한번 가슴 벅차오를 만큼 기쁘고 자랑스러워졌다.

　이제는 우리 모두가 꿈만 꾸던 것보다 훨씬 더 멋진 세상을 만들 수 있도록 그녀의 언어가, 그녀의 마음이 많은 이들에게 닿길 진심으로 바란다.

시의원 신명순. 처음에는 낯설고 어색했다. 학업으로 힘들었던 고교 시절부터 약간은 내성적인 듯도 싶고 나서는 것도 그리 즐기지 않았지만, 자신에게 소임이 맡겨졌을 때는 명확하고 확실하게 역할을 수행하곤 했었다. 겉으로 보는 것보다 단단하고 큰 그릇이 그때부터 서서히 그녀 안에서 만들어지기 시작했을 것이다.

그렇게 야무지던 단발머리의 내 친구가 김포신문의 기자가 되었을 때 역시 그 어떤 기자보다도 사안에 대해 진정성 있는 글로 독자들에게 김포의 여러 이슈들을 알려주었다. 요가를 배우며 강사를 할 때도 자신의 이익보다 소외되고 도움이 필요한 대상에 대해 기꺼이 자신의 시간과 노력을 쓰던 그녀였다. 그런 그녀의 삶의 궤적이 김포 시의원으로까지 이어지게 되었고 어느덧 3선 의원을 거치며 김포시의회 의장을 4년 역임한 큰 정치인이 되었다.

하지만 여전히 고등학교 때의 소탈함과 정치인답지 않은 정직함을 장착하고 꿋꿋하게 그 어려운 직을 수행하고 있으니 어쩌면 2022년 김포 시민들이 믿고 기대하는 정치인의 모습이 신명순 내 친구에게 있는 것 아닐까? 아직도 김포를 위해, 또 우리 사회의 약자를 위해 할 일이 많다는 내 친구 명순아! 언제나 너의 뒤에서 열렬히 그 꿈을 지지한다. 파이팅!!!

목차

Prologue * 4
추천사 * 7

1. _____
  신문기자에서 요가강사, 그리고 김포시의장까지

    겨울에 피어난 개나리처럼 씩씩한 소녀 * 24
    스스로를 믿는 것이 꿈을 향한 첫걸음 * 30
    돌이켜 생각해 보면 자양분이 된 기자생활 * 35
    선택의 여지가 없을 때는 용감하게 맞서라 * 40
    요가의 세계로 뛰어들다 * 45
    인생은 도전, 정치에서 길을 묻고 길을 찾다 * 50
    아, 나의 아버지! * 57

2. _____
  제대로 듣고 제대로 전달하고 제대로 실천한다

    배움의 자세로 임하다 * 65
    초선 의원의 첫 의정활동 보고서 * 70
    기본에 충실한 행정 * 73
    장기도서관 기부채납 약속 이행해라 * 78
    첫 해외공무로 일본과 싱가포르를 가다 * 85
    한강신도시를 그저 그런 도시로 만들 것인가, 수도권 명품도시로 만들 것인가 * 94
    부실시공 없는 공공건물 건립에 만전을 * 100
    김포시 청소년근로자 인권보호 조례를 제정하다 * 105
    소통을 통한 예산편성과 여성친화도시에 대하여 * 113
    지역에 대한 애정이 무한한 책임감으로 * 120

3.

신명 나는 세상의 중심에는 사람이 있다

신명 나는 김포, 신명순이 함께합니다 * 126

'용두사미'성 사업은 이제 그만 * 133

시민주도형 스마트타운 플랫폼을 활성화하려면 * 139

주민들의 안전을 먼저 생각하는 행정이 필요한 때 * 146

여성의 섬세함으로 김포시 살림 야무지게 * 151

김포한강신도시 수(水) 체계 걱정스런 물 공급 * 156

주민지원 사업에 민·관·정 힘을 모을 때 * 162

김포도시철도와 아트빌리지 * 168

김포한강신도시 내 학교문제 대안 찾아야 * 178

특색 있는 도서관 건립 추진을 바라며 * 184

4.

신명순이 꿈꾸는 행복한 김포의 미래

부드러운 카리스마, 김포 최초의 여성 의장이 되다 * 197

소통하는 의회, 일하는 의회, 친구 같은 의회 * 205

견제를 넘어선 '협치' * 212

젊은 도시 김포, 부족함이 있기에 더 나은 것을 채울 수 있다 * 221

코로나19를 이기는 백신 * 226

김포시의회만의 능동적 의정활동, 정책토론회 * 232

도전하고 준비하면 이룰 수 있다 * 241

시민을 섬기는 유약겸하(柔弱謙下)의 자세로 * 247

오늘도 쉬지 않고 전력질주, 일산대교와 GTX-D * 253

발로 뛰는 의정활동 * 261

도시의 철학이 담긴 김포만의 여성친화도시 * 270

Epilogue * 275

출간후기 * 278

"우리는 우리가 행복해지려고 마음먹은 만큼 행복해질 수 있다.
우리를 행복하게 만드는 것은 우리를 둘러싼 환경이나 조건이 아니라,
늘 긍정적으로 세상을 바라보며
아주 작은 것에서부터 행복을 찾아내는 우리 자신의 생각이다.
행복해지고 싶으면 행복하다고 생각하라."

– 에이브러험 링컨 –

1
Chapter

신문기자에서 요가강사,
그리고 김포시의장까지

✳ 겨울에 피어난 개나리처럼 씩씩한 소녀

✳ 스스로를 믿는 것이 꿈을 향한 첫걸음

✳ 돌이켜 생각해 보면 자양분이 된 기자생활

✳ 선택의 여지가 없을 때는 용감하게 맞서라

✳ 요가의 세계로 뛰어들다

✳ 인생은 도전, 정치에서 길을 묻고 길을 찾다

✳ 아, 나의 아버지!

겨울에 피어난
개나리처럼 씩씩한 소녀

언제였던가, 봄이 오려면 아직도 먼 어느 겨울날이었다.

길을 가다가 우연히 서리 낀 앙상한 가지 위에 노란색 꽃망울을 터뜨리고 있는 개나리와 만났다. 처음에는 잘못 본 줄 알고 무심코 지나쳤다. 얼마쯤 가다가 그 노란빛에 설마 하는 마음으로 뒤돌아섰다. 틀림없는 개나리였다.

여느 해보다 포근한 날씨가 계속되고 있었지만 그래도 그렇지, 봄꽃의 대명사이자 봄의 전령사인 개나리가 아닌가. 세상에 이 한겨울에 개나리라니 말도 안 된다.

한편으론 겨울에 씩씩하게 피어난 개나리가 반갑고 기특하고, 또 한편으론 지구온난화로 인해 계절을 그만 착각해 버린 개나리가 안쓰러웠다. 한참을 멈춰 서서 여러 가지 심정으로 겨울 속의 봄인 개나리를 들여다보고 있자니 나도 모르게 추억의 실타래가 술술 풀려나간다.

봄만 되면 동네 담벼락에 줄지어 피어 있던 개나리들. 어린 마음에도 개나리가 핀 것을 보는 순간 비로소 봄이 왔음을 실감하였고, 겨우내 굳게 언 땅속에서 잘 견뎌낸 개나리가 참 대견했다. 그러므로 개나리는 내게 있어 봄이자 희망이었다. 마침 우리 김포시를 상징하는 꽃도 개나리이다. 그 샛노란 빛의 개나리들 사이로 뭐가 그리 좋은지 까르륵거리며 동네를 뛰어다니던 어린 시절의 내가 있다. 참 맑고 투명한 시간들이었다.

초등학교 학급문고에 실렸던 시의 한 구절이 떠오른다. 5학년 때쯤으로 기억하는데 겨울에 핀 개나리를 보고 지었던 시였다.

추운 겨울에
개나리가 피었습니다.
어렵고 힘든 사람들에게
희망을 주려고
추위를 이겨내고
개나리가 피었습니다.
......

나는 할아버지의 할아버지 그 이전 대에서부터 살았던 통진에서 태어나 그곳에서 초중고 시절을 보냈다. 통진은 김포와 강화의 중간 정도에 위치한 지역이다. 지금은 2010년부터 마송택지개발지구의 본격적인 입주로 인구 증가 등 지역경제 활성화 및 급속한 도시화의 추세에 있으나, 내가 자랄 때만 해도 김포 하면 김포평

야를 떠올릴 만큼 넓은 평야가 발달해 있어 주민 대다수가 벼농사를 지었다.

그래서일까, 초중고 시절을 되짚어보면 가을철에 벼가 출렁거리는 금빛 들판이 오버랩된다. 말 그대로 '금파(金波)', 햇빛을 받아서 금빛으로 반짝거리는 물결이다. 이 때문에 김포에는 금파문화제 등 금파라는 이름을 붙인 표현들이 많다. 어릴 때부터 그 평온하고 풍요로운 풍경 속에서 자랐으니 참 축복받은 유년 시절과 청소년 시절이 아닐 수 없다.

더욱이 나는 2남1녀 중 막내로 태어나서 부모님은 물론 오빠들의 사랑까지 독차지했다. 크게 풍족하진 않아도 언제나 서로를 위하는 마음이 가득한 가족이었기에 유복한 유년 시절을 보낼 수 있었다. 지금도 내 일이라면 무조건 내 편이 되어주고 묵묵히 응원해 주는 가족들이 있어 항상 감사한 마음뿐이다.

나는 마송초등학교를 거쳐 통진중·고등학교를 다녔다. 지금까지도 초등학교, 중학교, 고등학교 동문 모임이 이어질 정도로 친구들과의 우정과 유대감이 남다른데, 이 또한 내 삶에 있어 큰 축복이자 행복이다. 한 시기의 추억을 공유할 수 있는 사람들이 많다는 건 삶을 풍요롭게 해준다.

그 시절의 우정이 지금까지도 이어져 내가 선거사무실 개소식을 할 때도 여러 가지 필요한 것들을 친구들이 도와주고 선거를 치를 때에도 자기 일처럼 발 벗고 나서 주었다.

사실 중학교 1학년 때까지 나는 무척 평범한 편에 속했다. 뭘 그렇게 잘하거나 튀는 학생은 아니었다. 그런데 중학교 2학년 때부터 공부를 잘해야 인정을 받겠구나 하는 생각이 들었다. 그때부터 조금씩 공부에 대해 진지하게 생각하게 되었고 열심히 하게 되었다.

이런 내 태도는 고등학교 때 선생님이 나를 평가하실 때에도 나타난다. 수업을 마치고 집으로 가려고 학교 현관에서 신발을 신고 있는데 선생님이 지나가면서 내게 말을 건넸다.

"너는 언제나 열심히 하는 친구니까 뭘 해도 될 거야."

선생님은 그냥 지나치듯 하신 말씀이었어도 내게는 무척 가슴에 남았다. 무언가를 열심히 하면 언젠가 기회가 온다는 것을 그때 처음 느꼈다. 이는 곧 내 삶의 모토가 되었고, 이후부터 어떤 일이 주어지든 성실하게 내가 할 수 있는 최선을 다하기 위해 노력하였다.

공부도 마찬가지였다. 꾸준히 공부해서 대학을 갈 수 있었고, 대학에 가서도 친구와의 관계도 원만하게 유지할 수 있었다.

어릴 때부터 나는 어떤 자리에 대한 욕심이 별로 없었다. 오히려 욕심보다는 그 자리에 대한 책임감이 더 크게 느껴져서 과연 내가 잘해 낼 수 있을까 하는 걱정이 앞섰기 때문이다.

고등학교 1학년 때 부반장 했을 때였다. 이때에도 내가 잘하고 있는 걸까 하는 질문을 스스로에게 계속했던 것 같다. 친구들이 뽑아줬는데 내가 하는 것보다 더 잘하는 친구가 있으면 그가 하면 좋겠다는 생각이 들었다. 그래서 2학년 때는 학급 임원을 맡지 않고 다른 친구가 할 수 있게 도와주었다.

무엇보다 책임을 다할 수 있는 사람이 그 자리를 맡아야 한다고 믿었다. 그런 면에서는 나 자신에게도 엄격했지만 다른 이들에게도 엄격한 편이었다.

그 당시만 해도 남자는 반장, 여자는 부반장이 되는 것이 당연하였다. 우리를 뽑아준 친구들에게 폐를 끼치면 안 된다는 생각에 반장을 엄청 쪼아 대던 기억이 있다.

그때는 학급비를 걷어서 필요한 물건을 사던 시대였다. 봄방학이 끝나고 한 학년 올라갈 때였는데 학급 내에서 돈이 조금 남은 게 있었다. 얼마 안 되는 액수라도 당연히 내 돈이 아니기에 어떻게든 남은 돈을 다 써야겠다는 생각이 들었다. 그런데 액수가 적다 보니 살 수 있는 것이 많지 않았다. 궁리 끝에 그 돈으로 껌을 샀다.

당시 한 학급에 50명이 있었는데, 그 아이들에게 공평하게 나눠줄 수 있는 건 껌 한 통밖에 없었다. 이때도 내가 먼저 생각하고 행동으로 옮기기 전 반장에게 물어봤다. 그때나 지금이나 나는 무언가 결정할 때 독단적으로 행동하지 않는다. 큰 틀에서 중요한 것들은 상의하고, 공유하고, 모두의 의견 들어보고 결정한다.

누군가 삶에 있어 가장 중요한 것이 무엇이냐고 묻는다면 나는 '사람'이라고 대답할 것이다.

내 유년 시절을 든든히 지켜주었던 부모님과 가족들, 내 청소년 시절의 아름다운 추억을 나눠 가진 친구들, 그리고 일을 하며 만났던 수많은 인연들…. 그들이 있었기에 오늘의 내가 있다.

로맹 롤랑은 "무수한 사람들 가운데는 나와 뜻을 같이할 사람이 한둘은 있을 것이다. 그것으로 충분하다. 바깥 대기를 호흡하는 데 들창 문은 하나만으로 족하다."라고 말했다.

서로 오래 살아가면서 서로를 느끼고 그리워하고 돕고 싶어 하고, 그 사이사이 서로의 뜻과 마음이 언제나 같이 가고 있음을 확인할 때 인연은 잎이 피고 열매를 맺는 것이다.

내가 평범하지만 겨울에 피어난 개나리처럼 씩씩하고 매사에 긍정적일 수 있는 것은 이런 내 사람들의 소중함을 잊지 않아서이리라. 그들에게 이 자리를 빌려 감사의 마음을 전한다.

앞으로도 내 사람들의 소중함을 가슴 깊이 새기며, 내 자리에서 성실함으로 책임을 다하며, 한 발 한 발 걸어갈 것이다.

스스로를 믿는 것이
꿈을 향한 첫걸음

꿈은 머릿속에 머물러 있는 명사가 아니라, 다리로 발품을 팔고 손으로 움직이는 동사라고 했다. 나는 꿈에 대해 생각할 때마다 늘 자신에 두 가지를 묻는다.

'꿈을 꾸었는가?'

'꿈을 향해 행동하였는가?'

첫 번째 질문은 모든 성취의 출발점은 꿈을 꾸는 것에서부터 시작된다고 믿기 때문이고, 두 번째 질문은 행동하지 않으면 어떤 꿈이든 이룰 수 없다고 믿기 때문이다.

많은 학생들이 지금 이 순간에도 자신만의 꿈을 꾸고 그것을 이루기 위해 노력하고 있을 것이다. 한 가지 안타까운 것은 자신의 적성이나 특성보다는 모든 것이 좋은 대학을 가는 것으로 귀결된다는 점이다.

나도 그랬다. 내가 좋아하고 잘하는 것을 살리자는 생각보다는,

막연하게 선생님을 하면 평생직장으로 좋을 테니 사범대학을 가야겠다고 생각했다. 변명 아닌 변명이겠지만 우리나라 교육현실에서는 정말로 내가 하고 싶은 일에 대한 진지한 접근이 용납되지 않았고, 밤낮 없이 공부에 치여 그런 생각을 할 여유조차 없었다.

그렇게 현실에 편승한 자연스러운 흐름으로 성적에 맞춰 사범대학에 들어가게 되었다. 대학을 가서 좋긴 했지만 이 선택이 옳은 것인지, 또 내가 잘하고 있는 것인지 하는 생각이 들었다. 그래서인지 청춘이라는 말이 무색하게 조금은 우울한 시기였다.

지금 되돌아보면 장밋빛 꿈에 취해 보지도 못한 채 현실에 더 치여 있었던 것 같다. 사범대였기 때문에 임용고사가 기다리고 있었고, 그 부담감으로 4년 내내 짓눌려 있었던 탓이다.

다만 아르바이트를 해서 내 스스로 돈을 벌어서 배낭여행만큼은 꼭 갔다 오고 싶었다. 그래야 좀 숨통이 트일 것 같았다.

마침 학교 근처에 볼링장이 새로 생겼다. 그 무렵은 볼링장이 성행할 때였다. 여름방학을 반납하고 볼링장에서 아르바이트를 시작했다. 아침부터 밤늦게까지 일하고 다음 날은 쉬는 시스템이었는데, 처음 하는 일이다 보니 쉽지 않았다. 기계를 작동해야 하는데 익숙하지 않으니 남들보다 시간이 배로 걸렸고, 뭔가 가르쳐준 것을 잘못하니 무척 눈치가 보였다. 첫날은 긴장도 많이 한 터라 끝나고 나서 너무 힘들어 펑펑 울었던 기억이 난다.

그렇지만 이대로 포기할 수는 없었다. 마음을 다지고 한 달을 버텨내니 배낭여행 자금이 모였다. 마침내 그 돈으로 친구들과 동남아 배낭여행을 가게 되었을 때는 그동안의 고생이 모두 날아가는 느낌이었고, 힘들게 일해 번 돈의 소중함을 체득할 수 있었다. 지금 생각하면 아름다운 추억의 한 페이지이다.

그러나 문제는 그 이후부터였다. 친구들을 보면 다들 자기가 하고 싶은 게 뚜렷한데 나는 꼭 하고 싶은 일도 없었다. 친구들은 그렇게 자기 분야에서 진로를 선택하여 활동하기 시작하는 데 반해, 나는 '임용고사에서 떨어지면 뭘 해야 하나'라는 막연한 생각에 앞날에 대한 불안감만 커져 갔다.

그래서인지 나의 20대는 즐겁지만은 않았다. 미래에 대한 불안감과 불투명함으로 늘 힘들어했기 때문이다. 그리고 그 불안감들로 인해 우려했던 결과가 현실로 나타났다. 졸업하기 전 겨울방학에 임용고사를 봤는데 떨어지고 만 것이다.

그때의 심정을 뭐라 표현해야 할까. 어릴 때부터 선생님을 꿈꾼 것은 아니었어도 내가 선택한 길이었는데, 그 선택에 대한 책임과 의무를 다하지 못했다는 죄책감이 나를 더 괴롭혔던 것 같다.

그러나 언제까지 낙담만 하고 있을 순 없었다. 만약 선생님이 내 길이 아니라면 다른 길을 찾아야 했다. 다행히 나는 긍정적인 성격이었고, 그 긍정의 에너지가 빛을 발하려면 나 자신을 믿어야 했다.

졸업을 기다리며 집에 있을 때였다. 당시에는 지역신문이 집으로 우편으로 배달되어 오곤 했다. 우연히 신문을 집어 들었는데,

한쪽에 조그맣게 난 채용공고 기사를 보게 되었다. 김포신문 기자 채용공고였다.

신기하게도 나는 채용공고를 보자마자 기자를 한번 해봐야겠다는 마음을 먹었다. 그전까지는 막연하게 동경만 했던 직업이었는데도 말이다. 어쩌면 이것이 선생님이 아닌 또 다른 나의 길을 찾는 것일지도 모른다는 생각이 컸기 때문이리라.

더욱이 지금의 위기를 기회로 바꾸려면 무언가 행동할 필요가 있었다. 나는 바로 신문사의 문을 두드렸다. 되든 안 되든 일단 도전하고 본 것이다. 내가 생각해도 그전의 나와는 달리 용감무쌍한 행동이었다.

현실에 낙담하지 않고 용기를 낸 덕분이었을까? 결과는 합격이었다. 이로써 나는 사범대학을 졸업하기 전에 새로운 인생길로 나아가게 되었다. 전화위복이자 기자 생활의 시작이었다.

누구든 살다 보면 인생에서 겨울과 같은 위기와 시련에 맞닥뜨린다. 그러나 시련과 위기가 왔을 때 겨울나무처럼 앙상해 보이는 것이 두려워 아무것도 하지 않는다면 다음해 봄날 무성한 이파리가 달린 나무가 결코 될 수 없을 것이라 했다.

나 역시 예외가 아니었다. 위기를 있는 그대로 위기로 둘 것인지 위기를 성장의 발판으로 삼아 새로운 기회를 만들어 낼지는 오롯이 나 자신이 선택할 문제였다. 되돌아보면 이 시절들은 내 인생에서 피가 되고 살이 되어주었다. 아무것도 하지 않으면 아무것도 될 수 없다는 불변의 진리를 깨닫게 해준 내게는 더없이 소중한 시간들이었다.

지금 힘들고 지쳐 있는 이들에게 당부하고 싶다. 시련에 처할 때마다 자신을 지탱해 주는 가장 중요한 것은 스스로를 믿는 것이라고. 자신을 믿고 좋은 일이 생길 것이라는 긍정적인 마음가짐으로 꾸준히 노력한다면 진짜 믿는 대로 된다고. 그러니 섣부른 좌절과 포기로 삶에 생채기를 내서는 안 된다고.

그렇게 우리 모두 각자의 자리에서 자신을 믿고 한 번 더 노력함으로써 다 함께 살기 좋은 대한민국을 만들어 갈 수 있었으면 하는 바람이다.

긍정적인 마음가짐은 나를 강하게 만든다.

돌이켜 생각해 보면
자양분이 된 기자생활

대학 졸업을 눈앞에 둔 1996년 겨울, 나는 새내기 기자가 되었다. 첫 출근을 하던 날 어찌나 가슴이 콩당콩당 뛰던지. 설레기도 하고 긴장되기도 하고. 새로운 인생길로의 항해를 시작하며 쳐다본 하늘은 어느 때보다 맑고 푸르렀다.

지난 1년은 누구나 그러하듯 취업을 준비하고 졸업 후의 진로에 마음을 졸이며 살 수밖에 없었다. 나도 마찬가지였다. 이미 한 번의 좌절을 맛봤기 때문일까. 좌절 끝에 매달린 열매가 더 값지게 느껴졌다. 처음부터 내가 목표로 했던 길은 아니었지만, 오롯이 내 힘으로 새로 낸 길이었으니, 더 뒤돌아보아서는 안 되었다. 이제부터는 앞만 보고 새로 난 길을 향해 한 걸음 한 걸음 꾹꾹 눌러 밟고 가야 했다.

새 일을 시작하기에 앞서 풋풋한 20대답게 한 번 더 마음을 다잡고 신문사로 향하였다. 봄이 오려면 멀었지만 내 마음만큼은 이미 봄날이었다. 어떤 일이든 시작할 수 있다는 것만으로도 감사하고 행복하였다.

3개월간 나는 수습이라는 딱지를 달고 선배들을 열심히 쫓아다녔다. 선배들도 나를 데리고 다니면서 이것저것 알려주셨다. 선배들 입장에서는 아무것도 모르는 데다가 숫기도 없는 내가 얼마나 답답했을까. 참 고생 많으셨다. 덕분에 3개월간의 수습 기간을 무사히 마치고 기자로서 첫걸음을 뗐다. 처음 하는 일이라 몸은 고되었지만, 조금이라도 지역사회의 도움을 줄 수 있는 일이라 생각하니 보람차기도 했다.

기자가 되니 그동안의 생활반경과는 확연히 달라졌다. 고작해야 집과 학교만 왔다 갔다 하던 나였는데 시청이라는 데를 다 출입하게 된 것이다. 〈김포신문〉이라는 지역신문 기자였기에 김포에서 일어나는 모든 일들이 내 취재 목록이었다.

신문의 사전적 정의는 '사회에서 발생한 사건에 대한 사실이나 해설을 널리 신속하게 전달하기 위한 정기 간행물'이다. 지역신문의 경우에는 여기에 두 가지가 더해진다. 그 지역의 새로운 정보나 소식을 전함과 동시에 지역민과 눈높이를 맞추고 소통하는 것이다. 그래야 지역신문으로서의 소명을 다하는 것이라고 나는 생각했다.

전에는 시청에 갈 일이 없던 내가 하루가 멀다 하고 시청에 출입하게 되었고, 기자라는 신분으로 지역을 돌아다니다 보니 그동안은 보이지 않던 것이 보이게 되었다. 지역민들의 입장에 서서 불편하거나 개선이 필요한 것들에 집중하게 되니, 자연스럽게 '아, 이런 것은 좀 개선되면 좋겠다!' 생각하게 되었다.

지금도 내가 처음으로 쓴 기사가 정확히 기억난다.

예전 그러니까 1996년 무렵 김포 버스터미널의 화장실 관련 내용이었다. 당시에도 이미 꽤 노후한 시설이었는데 거기에다 남녀 화장실이 분리되어 있지 않은 상태였다. 지금이라면 상상할 수도 없는 일이다.

남성들도 남성들이지만 여성들로서는 화장실 가기가 꺼려지는 것이 당연했다. 특히 어린 나이의 여학생들에게는 남녀화장실 분리가 꼭 필요했다. 그래서 이 문제만큼은 꼭 개선되었으면 좋겠다는 생각으로 첫 기사를 쓰게 된 것이다.

내가 지역을 발로 뛰며 보고 느낀 것을 객관적으로 정리하여 기사화하고, 그것이 행정으로까지 이어져 개선된다면 이보다 더 좋을 수 없었다. 이는 곧 지역민의 삶의 질 향상과 직결되는 일이기 때문이다. 거기에서 나는 기자로서의 긍지와 보람을 느꼈다.

"문자로 남겨진 글은 폭탄 이상으로 사람의 정신과 행동에 영향을 줄 수 있다고 믿는다."

이탈리아의 저널리스트이자 전설의 여기자로 통하는 오리아나 팔라치의 글이다. 기자라면 꼭 한 번 가슴에 새겨야 할 글이다. 대중에게 신뢰를 줄 수 있는 기자로서의 사명을 다하려면 기사 한 글자 한 글자에 신중함과 객관성을 담아야 하리라.

그러나 너무 신중했던 것일까. 시간이 지날수록 글을 쓰는 것 자체에 스트레스가 쌓여갔다. 끊임없이 기사를 쓰고 창작을 한다는 것이 힘에 부쳤다. 어느새 입사 2년 차가 되어 있었지만 스트레스는 더 커져만 갔고, 스트레스 때문인지 급기야는 얼굴 전체에 여드름 꽃이 피어났다. 청소년 시절에도 나지 않던 여드름이 말이다.

기자는 많은 사람들을 만나는 직업이다. 이런 상태라면 어떻게 맘 편히 사람들을 만나 취재를 하겠는가. 약도 먹어보고 병원에도 가봤지만 별다른 효과가 없었다. 이 무렵에는 정말이지 하루하루가 너무 힘들었다.

그러던 중 IMF 사태가 터졌다. 회사에서는 제일 말단직원부터 정리하기 시작했다. 그렇지 않아도 '아, 기자가 내 길이 아닌가? 그만두고 한 번 더 임용고사를 봐볼까?' 고민하고 있던 터였다. 내가 선택한 길이었기에 쉽게 결정을 내리지 못하고 있었는데 어찌 생각하면 이것도 또 하나의 기회인가 싶었다.

결국 나는 2년 만에 신문사를 그만두고, 역사교육학인 전공을 살리기 위해 과감하게 임용고사를 위한 공부를 시작하였다. 내 인생에 있어 또 한 번의 도전이었다. 그렇지만 사회생활까지 한 성인이라 공부만 하고 있을 수는 없었다. 신문사를 그만두고 1년 동안 아르바이트를 하며 일과 공부를 병행해 나갔다.

힘은 들었어도 글에 대한 스트레스를 받지 않아서인지 거짓말처럼 여드름이 싹 사라졌다. 이때 처음으로 스트레스가 얼마나 사람 몸에 나쁜 건지 실감할 수 있었다. 그렇지만 분명 내 첫 사회생활이었던 기자생활이 내 인생의 자양분이 된 것만큼은 틀림없다.

사람의 일생을 놓고 볼 때 20대야말로 가장 눈부신 시절이 아닐까. 열정 가득하고 패기만만하고. 그런데 내 20대는 늘 불안하고 초조했던 것 같다. 별로 좋은 기억이 없다. 지나고 보니 그 눈부신 시절에 왜 좀 더 인생을 즐기지 못했을까 하는 점이 늘 아쉬움으로 남는다.

목표를 재설정하고 일과 공부를 병행하며 지낸 이 1년이 내게는 아픈 손가락이다. 신문사를 그만두고 나니 현실의 녹록지 않음이 피부에 와 닿았다. 나는 직장도 남자친구도 없이 뒤늦게 아르바이트를 하면서 임용고사를 준비하고 있는데, 다른 친구들은 연애해서 결혼을 하네 마네 하면서 제 갈 길들을 가고 있는 상황이니…

상대적 박탈감은 물론이고 가슴 한쪽이 미래에 대한 불투명함으로 꽉 막혀 있어서 '아, 내 인생이 이렇게 끝나나?' 하는 생각까지 들었다.

그래도 어떻게든 목표로 한 임용고사까지는 힘을 내야 했다. 용기란 두려움을 이겨내고 극복하는 것이지, 두려움이 없는 것은 아니라는 말도 있지 않은가. 그랬다. 나도 두려웠지만 극복해 내고 싶었고, 적어도 내가 할 수 있는 최선을 다해야 실패해도 후회가 없으리라 믿었다. 그렇게 길다면 길고 짧다면 짧은 1년을 견뎌내었고 마침내 임용고사를 보게 되었다.

선택의 여지가 없을 때는
용감하게 맞서라

결과는 실패였다. 불안함 속에서도 1년 동안 열심히 했기에 생각보다 충격은 크지 않았다. 실패한 일에 대해 집착하는 것은 어리석은 일이다. 오히려 그보다는 제대로 된 직장 없이 지낸 시간들이 더 마음에 걸렸기에, 하루라도 빨리 일을 찾기로 했다. 마음은 쓰라려도 이 또한 내 몫이었다.

부정적으로 생각하면 끝이 없다. 결과적으로는 신문사를 그만두고 1년을 쉬게 된 셈이지만, 달리 생각하면 내게는 기자라는 경력이 있었다. 이런 내 마음이 통했을까. 아니면 내가 무척 운이 좋은 것일까.

이 무렵 김포에서 가장 처음으로 인터넷방송국을 만들면서 지역에 있는 기자들을 뽑고 있었다. 회사 명칭은 '김포네트워크'였고, 거기에서 만든 신문이 〈김포매일뉴스〉라는 인터넷신문이었다. 마침 지인 한 분이 내 경력과 성실함을 인정하여 추천해 주신 덕분에 입사하게 되었고, 나는 다시 기자라는 직함을 달게 되었다.

1년을 쉬었기 때문일까. 다시 돌아갈 수 있는 기자라는 일이 너무너무 감사하게 느껴졌다. 이래서 잃어봐야 그것의 소중함을 깨닫는 것인지도 모른다. 사람이 사는 데 있어서 일이라는 것이 이렇게 중요한 것이라는 걸 이때 처음 알았다. 일하고 싶고 돈 벌고 싶은 청년시절, 직업이 없다는 건 참 견디기 힘든 것이었다. 내가 돈을 벌면서 일을 할 수 있다는 것 자체가 정말 행복하고 기쁜 일이라는 것을 몸소 체험한 시기였다.

이후부터는 주어진 일에 대해 그것이 어떤 일이든 정말 감사해하며 열심히 했다.

인터넷신문의 특성은 지면에 대한 제약이 없다는 점이다. 〈김포매일뉴스〉라는 명칭 그대로 김포에서 일어나는 수많은 일들을 매일매일 업데이트하는 것이 회사 모토였기에, 전에 다니던 신문사에 비해 일이 배로 많았다. 그러니까 기자들이 사소한 일에서부터 이슈가 되고 있는 일까지 하나하나 모두 취재해서 올려야 했다.

이전 신문사에서 일할 때처럼 나는 그냥 부지런히 다니면서 사람들을 만나고 지역의 문제점들을 지적하여 개선을 요구하는 기사들을 썼다. 이외에 지역을 소개하는 기사도 올렸다. 어딘가 갔을 때 그곳이 소개할 만한 지역이라 판단되면 직접 사진을 찍고 기사를 썼다.

또한 인터넷신문을 만듦과 동시에 일주일에 한 번씩 다른 신문과 업무협약을 하여 우리가 인터넷에 올린 기사들을 지면으로 발

행했다. 그 바람에 무척 바빴는데 기자들이 직접 편집된 것을 인쇄소에 갖다 주곤 하였다. 매일매일 인터넷신문 기사 올리느라 정신이 없고 일주일에 한 번은 다른 신문 관계자나 인쇄소 사람들을 만나야 하니 거의 일주일 내내 늦게 귀가할 수밖에 없었다. 그런데도 일에 대한 감사함이 커서 전에는 그렇게 받던 스트레스도 받지 않고 즐겁게 일할 수 있었다.

나는 생일이 양력으로 6월이다. 6월의 나무는 벚나무라고 한다. 태어난 달과 관계가 있을지는 모르지만 나는 무척 벚꽃을 좋아한다. 우리나라에서는 벚나무를 가로수로 많이 심어 4월이 되면 거리 곳곳에서 흐드러지게 만개한 벚꽃의 아름다움에 마음을 뺏기곤 한다. 그뿐인가, 춤을 추듯 떨어져 내리는 벚꽃잎은 또 얼마나 황홀한가.

그런데 내가 벚나무를 좋아하는 더 큰 이유는 '성실', '소통', '근면'이라는 꽃말 때문이다. 6월생인 사람은 벚나무처럼 제 주변 사람을 잘 살피고 사람 사이를 이어주는 따뜻한 감성을 지녔을 확률이 높다고 한다.

특히 나는 '성실'이라는 말을 좋아한다. 모든 일이 성실한 데에서부터 시작되는 것이라고 믿고 있기 때문이다. 그래서 배우자를 선택할 때도 무엇보다 성실한 사람이면 좋겠다고 생각했었다. 성실하지 못하면 당연히 가장으로서의 역할도 제대로 못할 것이라 생각했으니까.

단순하지만 명확한 이치다. 그래서 많은 사람들이 매사에 성실한 사람을 좋아한다. 스스로 또한 남들에게 성실한 이미지를 주려고 노력한다. 그것이 월급 받고 일하는 사람의 의무이자 책임이라고 생각하기 때문이다.

어릴 때부터 지금까지 나 역시 성실한 사람이 되고자 노력해 왔고 지금도 계속 노력하고 있다. 다행히 학창시절 선생님들도, 신문사 윗분들도 나를 인정해 주었던 부분이 바로 성실과 근면이었다.

특히 신문에는 업데이트되는 기사들이 많이 있어야 좋기 때문에, 나는 하다못해 알림기사라도 네다섯 꼭지씩 꼭 채우려고 노력했다. 누가 보든 안 보든 짧은 기사, 사진 한 장이라도 기사로 올리곤 했던 작은 노력들이 그분들에게 인정받은 것 같아 무척 기쁘다.

이 무렵 지역신문의 기자로서 김포시 구석구석을 돌아다니며 수첩에 끄적여 놓았던 시 한 편을 소개한다.

〈성실이라는 나무〉

언제 한번 당신처럼 살아볼까요.

외로움의 비바람 불고
슬픔의 눈보라 몰아치고
우르르 쾅쾅
성난 세상이 아무리 뭐라 해도
눈 하나 깜짝 안 하면서

추운 겨울을 이겨낸 봄꽃처럼 43

안으로만 삭이고 삭여

순백의 속살 키워 내고

곧고 바른 심지 하나 품은 채

시리고 아린 삶의 벌판 위에서도

우뚝우뚝

마음 한켠에 솟아 있는 당신,

당신은 나의 자랑이며 나의 부끄러움입니다.

서양 격언에도 "성실은 어디에나 통용되는 유일한 화폐다. 성실이야말로 가장 우수한 정책이다."라는 글이 있다. 내가 실패를 딛고 다시 시작할 수 있었던 것도 이 성실 덕분이었다.

살다 보면 선택의 여지가 없을 때가 종종 있다. 그럴 때는 지난 일에 대해 후회하거나 자책하는 대신 성실이라는 이름으로 용감하게 맞서보는 것이 어떨까. 그래야 또 다른 새길이 열리지 않겠는가.

요가의 세계로
뛰어들다

세월이 빨리 흐른다 한들 사람만 할까.

우연히 세차게 흘러가는 강물을 바라보다가 드는 생각 한 자락.

두려움의 시선으로 보면 흐른다는 건 잊는 것, 잊는다는 건 잃는 것, 잃는다는 건 늙는 것, 늙는다는 건 슬픈 것.

그러나 있는 힘을 다해 삶의 노를 저을 준비가 되었다면, 때마다 맘껏 흐르고 맘껏 잊고 맘껏 늙고 맘껏 슬플 수 있다면, 풍겨오는 냄새는 제각각이어도 순간의 최선들이 차곡차곡 쌓여 진한 인생에서만 맡을 수 있는 최고의 향기가 되지 않을까.

흐름에 역행하지 않고 물결에 몸을 맡길 때, 사는 동안 칸칸이 쳐두었던 덧문을 스스로 열어젖힐 때, 길이 생긴 타인의 집으로도 착한 발걸음을 옮길 때, 그렇게 자신의 편견과 아집과 오만을 진심으로 부끄러워할 수 있을 때.

바로 그때 우리 모두가 그토록 찾아 헤맸던 행복의 진짜 얼굴을 확인할 수 있지 않을까.

 지금 되돌아보면 나에게 있어 기자생활은 흐름에 역행하지 않고 물결에 몸을 맡긴 것이었다.
 처음부터 정해진 목적지는 아니었지만 내 인생 전체를 놓고 보면 꼭 거쳐 가야 할 경유지였던 셈이다.
 처음 2년은 아무것도 모르고 시작하여 결국 큰 고비를 넘지 못했지만, 이후 다시 시작한 4~5년간의 기자생활은 감사함과 책임감으로 꽉 차게 보냈던 나날이었다.
 그때는 미처 깨닫지 못하고 이제 와 깨닫는 것들이 있다. 행복도 그런 것이 아닐까. 그때 알았더라면 삶의 길이 달라졌을 수도 있고 지금의 나와는 다른 내가 존재하고 있을 테니까.
 그렇지만 그렇다고 불행한 것은 아니다. 아니, 오히려 반대다. 그때 몰랐던 행복으로 인해 새로운 행복과 만날 수도 있으니 말이다.
 나에게 있어 요가가 그렇다. 새로운 행복의 시작이었다.

 기자생활은 불규칙한 생활의 연속이었다. 퇴근시간이 따로 없는 데다가 매일 마감에 쫓기면서 긴장의 끈을 놓을 수 없는 직업이었다. 기사에 대한 책임감도 막중하여 혹시라도 부정확한 정보는 없는지 몇 번씩 확인해야 하고, 간혹 예기치 않은 실수를 할 때면 그 뒷수습에 머리까지 아득해지곤 했다.
 게다가 술을 잘 못 마시는 나는 술자리에 참석할 때마다 무척 곤욕스러웠다. 참석을 안 할 수도 없고 참석을 하자니 몸과 마음이 점점 지치고….

이런 생활을 4년 넘게 하니 슬슬 한계가 왔다. 기자로서의 자부심과는 별개로 체력에도 문제가 생겼다. 그러다 보니 '아, 내가 과연 기자라는 직업을 평생직업으로 삼을 수 있을까?' 하는 의구심이 들었다.

그런 와중에 우연히 여성회관에서 하는 요가강습을 받게 되었다. 체력이라도 키우기 위해서였다. 그런데 예상했던 것과는 달리 요가선생님이 연세가 무척 많으셨다. 왜 요가 하면 젊은 여성선생님을 연상하게 되지 않는가. 연세가 많으심에도 불구하고 선생님은 열정적으로 가르쳐 주셨고, 그 모습을 보고 나는 나도 모르게 "유레카!" 하고 중얼거렸다.

'나도 요가를 하면 선생님처럼 저렇게 오랫동안 직업으로 삼을 수 있겠구나.'

남들이 보면 신문사를 그만두게 된 이유치고는 변변찮을 수 있지만, 내게는 저 옛날 아르키메데스가 목욕을 하던 중 욕조에 들어가서 욕조의 물이 넘쳤을 때 외친 것처럼 뜻밖의 발견이었다.

나는 곧바로 실행으로 옮겼다. 신문사 활동을 접고 요가강사 자격증을 땄다. 자격증을 딴 후에는 학원에서 몇 년 동안 강습하다가 이후에는 주민자치센터에서도 요가강사로 활동하게 되었다.

기자의 입장에서 보면 이번 요가강사는 내 인생의 흐름에 역행하는 것이었지만, 나는 이미 요가강사로서 있는 힘을 다해 삶의 노를 저을 준비가 되어 있었다. 그리고 요가는 나를 배신하지 않았다. 건강도 좋아졌고, 숫기가 없는 내게 사람들 앞에서도 당당하고 자연스럽게 얘기할 수 있는 계기가 되어주었으니까.

김포시에서 안쪽으로 들어가면 '하성'이란 마을이 있다. 그곳 주민자치센터에서 어르신들에게 요가강습을 하게 되었는데 열심히 가르치려는 내가 기특해 보였는지 무척 좋아해 주셨다. 나중에 시의원이 되어 그만두게 되었을 때는 자식 떠나보내는 것처럼 무척 아쉬워하셔서 아직도 기억에 남는다. 2004년부터 2010년까지 그렇게 7년을 요가강사로 보냈다.

이것도 인연이라면 인연일까. 개인적으로 사주와 명리학에 관심이 많아 요가강사를 하는 동안 명리학을 수강하게 되었다. 2010년 2월로 기억된다.

사주를 봐 주시는 선생님이 내 사주를 보면서 관운이 많다고 얘기하시는 게 아닌가. 그때는 주로 주민자치센터에서 강사활동을 할 때라 무심코 흘려들었다. 단순히 '다음에는 내가 여성회관 같은 데서 강의를 하나?'라고만 생각했다.

나중에 시의원이 되고 나서야 내가 이렇게 되려고 그때 선생님께서 관운이 많다는 얘기를 하신 거란 걸 깨달았다. 이렇게 해서 요가강사 생활은 거기서 접고 정치에 입문하게 되었다.

기자에서 요가강사로, 요가강사에서 시의원으로, 시의원에서 시의장으로. 언뜻 보면 하나도 연관성이 없어 보이지만 그렇지 않다.

의정활동을 하다 보니 기자 시절 시청을 출입하며 개선책을 제시하고 정책에 대해 심도 있게 공부한 것이 크게 도움이 되었고,

요가강사 시절 강의를 함으로써 다른 사람들 앞에 서서 말하는 일에 트레이닝이 된 것이다.

단순하게 외향적으로 봤을 때는 직종이 서로 다 다르다고 생각되지만, 정치하는 데에는 결국 두 가지 모두 꼭 필요한 경험이었던 것이다.

인생길이란 늘 뜻하지 않은 갈림길을 만나고 그때마다 선택의 기로에 놓이지만, 가만가만 생각해 보면 어떤 선택을 하든 결국 길과 길은 서로 이어져 있는 것 같다. 윤동주 시인의 길이라는 시의 한 구절처럼 길은 아침에서 저녁으로 저녁에서 아침으로 통한 것이리라.

그러므로 나는 어떤 길에 서 있든 지금 자신의 자리에서 행복한 사람이 세상에서 가장 행복한 사람이라고 믿는다.

가끔 자기만 먼 길을 돌아온 것 같아 억울함으로 고개 젓기도 하겠지만, 소소한 일상에서도 행복은 늘 반짝거림을 잊지 않는다면, 코로나19로 인해 이 혼란스러운 시대에도 조금쯤은 힘이 나지 않을까.

인생은 도전,
정치에서 길을 묻고 길을 찾다

"Anyone who has never made a mistake
has never tried anything new."

- Albert Einstein

"한 번도 실수한 적이 없는 사람은 한 번도 새로운 것에 도전해
본 적이 없는 사람이다." 내가 좋아하는 알버트 아인슈타인의 글
귀이다.

대학을 졸업하고 신문기자로 출발했던 20대를 거쳐, 30대는
180도 다른 분야인 요가강사로 보냈다. 어찌 보면 극과 극의 삶이
었다. 하루하루 마감에 쫓겨 정신없이 일만 했던 20대와 사람들을
가르치며 몸과 마음을 수양했던 30대의 삶. 때론 힘들고 벅차기도
했지만, 둘 다 내 것이었고 둘 다 보람된 시간이었다.

무엇보다 그 시간들은 내 삶에 있어 또 다른 도전을 할 수 있는

징검다리가 되어주었다. 한 번 더 내 인생에 있어 터닝 포인트가 될 새로운 삶의 문을 스스로 열고 들어가게 된 것이다. 정치 입문이었다.

기회는 우연히 찾아왔다. 신문사에서 맺은 인연이 첫 출발점이었다. 선배 기자였던 분이 도의원에 출마하면서 내게 비례대표를 제안한 것이다. 신문사를 그만둔 지도 이미 7, 8년 전인데 그때 맺은 인연이 이어진 셈이니, 어찌 보면 우연이 아닌 필연이었는지도 모르겠다.

2010년 5월, 선거를 불과 한 달여 앞둔 시점이었다. 시간이 얼마 없었다. 정치를 할 것이냐, 안 할 것이냐를 하루빨리 선택해야 했다.

처음 선배에게 제안을 받았을 때 제일 먼저 든 생각은 '과연 내가 정치를 할 수 있을까?'였다. 물론 기자 생활을 해봤기에 전혀 정치 세계와 동떨어져 있던 것은 아니었지만, 기자와 정치는 엄연히 다르다. 막상 한 번도 안 해본 일을 하려고 하니 좀처럼 자신감이 생기지 않았다. 긍정적인 생각보다는 부정적 생각이 앞섰다.

'지금도 나름 만족하며 살고 있는데 굳이 탈도 많고 말도 많은 정치를 할 필요가 있을까.'

고민에 고민을 거듭한 끝에 나를 잘 아는 주변 사람들에게 의견을 묻기 시작했다.

"비례대표 제안을 받았는데, 내가 할 수 있을까? 내가 정치를 해도 될까?"

그런데 걱정했던 것과는 달리 주변 사람들은 대부분 긍정적인 대답을 해주었다. 어떤 일이든 성실하게 임해 왔으니 정치도 잘할 수 있을 것이라고.

그때부터 내 마음의 풍랑도 잠잠해지고 정치 입문에 긍정적 생각을 하게 되었다.

'그래, 내가 할 수 있는 일부터 찬찬히 해보자. 그래서 내가 태어나고 자란 김포시에 실질적으로 도움이 되는 사람이 되자.'

그 당시 김포는 신도시로 변모 중이었다. 신도시가 되면서 외부에서 인구가 유입되기 시작한 때였는데, 이 무렵에는 아직 보수성향이 강한 지역에 속했다. 그러다 보니 민주당 의원들이 후보로 나서도 당선되기가 쉽지 않았다. 각 지역의 후보들은 있었지만, 김포의 경우 비례대표로 나선 사람이 없었다.

그런 상황이었기에 완전 정치 초보인 내가 나간다 한들 될 확률이 높지 않았다. 보수적인 지역이다 보니 스스로도 안 될 것이라는 생각이 강했다. 그런데 아이러니하게도 이런 상황 때문에 나는 비례대표로 나가는 것을 수락하였다.

되든 안 되든 내 삶에 있어 또 한 번의 도전이라 생각했기 때문이다. 실패하는 것이 두려워 아무것도 하지 않으면 아무것도 달라지지 않는다. 설령 실패한다 해도 그 실패를 디딤돌 삼아 앞으로 나아가면 된다. 그것만으로도 내 삶에 훌륭한 자양분이 될 수 있음을 나는 이미 기자 생활과 요가강사 생활을 통해 깨닫지 않았는가.

불과 선거를 한 달 앞두고 비례대표로 등록하였다. 지금 생각하면 참 무모한 일이었다. 모르면 용감하다고, 오히려 정치 쪽에 대해 아는 것이 전혀 없었기에 이런 용기를 낼 수 있었던 것이라고 생각한다.

처음부터 차근차근 준비된 상황도 아니었고, 특별히 정치에 대한 뜻이 있던 것도 아니었고, 잘할 수 있겠다는 자신감으로 충만했던 것도 아니었다. 신문사에서 맺은 인연이 단초가 되어 여건이 조성되었고, 그로 인해 마치 운명처럼 자연스럽게 시작하게 되었다.

다만 내게는 신문사에서 일했을 때의 경험, 행정처리에 관한 경험들이 쌓여 있었다. 그 경험들이 있었기에 용기를 낼 수 있었고 새롭게 도전할 수 있었다.

또 여성으로서 도전해도 좋겠다는 생각이 들었다. 당시만 해도 시의회는 보통 남성의원들이 활동을 많이 하고 있었다. 그러다 보니 여성들이 살아가면서 필요로 하는 부분들, 여성들에게 필요한 시설들을 만들어가는 데는 여성의원의 역할이 중요했다.

이렇게 그동안의 경험과 여성의원이 의회에 조금 더 있었으면 좋겠다는 생각으로 마음을 굳히고 정치에 입문하게 된 것이다.

그렇지만 시간이 훨씬 지나 되돌아보니 모든 것들이 단순한 우연이 아닌 운명처럼 차곡차곡 만들어졌던 것 같다. 기자와 요가강사 두 가지 다 내가 정치에 입문하는 데 있어 징검다리가 되어주었으니 말이다.

그렇다. 누군가 말했듯이 운명은 우연이 아니라 선택이다. 기다리는 것이 아니라 도전하는 것이다.

나는 서른여덟에 한 번도 가보지 않은 새로운 길을 선택하였다. 해보지 않고는 무엇을 해낼지 알 수 없는 것처럼, 가보지 않고는 그 길이 어떤 길인지 알 수 없으리라.

사실 설렘보다는 두려움이 더 컸다. 이 무렵 두려움을 없애기 위해 즐겨 읽던 시가 있다. 프로스트의 '가지 않은 길'이란 시이다.

단풍 든 숲속에 두 갈래 길이 있더군요.

몸이 하나니 두 길을 다 가볼 수는 없어

나는 서운한 마음으로 한참 서서

잣나무 숲속으로 접어든 한쪽 길을

끝 간 데까지 바라보았습니다.

그러다가 또 하나의 길을 택했습니다. 먼저 길과 똑같이 아름답고,

아마 더 나은 듯도 했지요.

풀이 더 무성하고 사람을 부르는 듯했으니까요.

사람이 밟은 흔적은

먼저 길과 비슷하기는 했지만,

서리 내린 낙엽 위에는 아무 발자국도 없고

두 길은 그날 아침 똑같이 놓여 있었습니다.

아, 먼저 길은 다른 날 걸어보리라! 생각했지요.

인생길이 한번 가면 어떤지 알고 있으니

다시 보기 어려우리라 여기면서도.

오랜 세월이 흐른 다음
나는 한숨 지으며 이야기하겠지요.
"두 갈래 길이 숲속으로 나 있었다, 그래서 나는 —
사람이 덜 밟은 길을 택했고,
그것이 내 운명을 바꾸어 놓았다"라고

긴 호흡으로 이 시를 읽으며 나 또한 가보지 않은 길을 선택하였다. 선택에 대한 책임은 스스로가 짊어져야 할 몫이다. 후회하든 안 하든 그 또한 내 몫이다.

정치라는 새길로 나서며 나는 스스로에게 묻고 답을 찾기 위해 노력하였다.

'길을 옳게 잡아들었는가? 정말 후회하지 않을 것인가?'

'이미 주사위는 던져졌다. 내가 선택한 것에 대해 뒤돌아보지 말자. 다만 어떤 길을 가든 지금까지 그래왔듯 성실함으로 마음 다해 가자. 걸음을 멈추지 않는 한 어떤 길이든 반드시 끝나게 되어 있다.'

그렇게 두려움을 떨치고 한 걸음 한 걸음 꾹꾹 내딛다 보니, 그 길목에서 2010년 제5대 김포시의원에 당선될 수 있었다.

이 자리를 빌려 정치 문외한인 나를 이끌고 격려해 주신 신문사 선배이신 현) 심민자 도의원님과 당시 민주당에 적을 두지 않았고 마치 낯선 이방인 같았을 나를 따뜻하게 맞아주신 지역위원회 모든 분들께 감사의 인사를 전한다.

아, 나의 아버지!

내게는 말하기만 해도 듣기만 해도 가슴이 시리고 눈물 나도록 그리운 세 음절이 있다. 바로 '아버지'이다.

2019년 10월의 어느 날. 하늘은 푸르고 온 산에 단풍이 곱게 물든 가을날에 내 세계의 한 축이 무너졌다. 아버지가 뜻하지 않은 교통사고로 돌아가셨기 때문이다.

소식을 처음 전해 들었을 때 나는 믿지 않았다. 아니, 믿을 수 없었다. 병원으로 가는 내내 아버지의 선한 미소만이 떠올랐고, 그런 아버지의 부재가 가슴에 와 닿지 않았다. 그렇게 시간이 멈춰버린 듯했다.

어느새 2년이 지났어도 아버지를 잃은 상실감은 잦아들지 않고 오히려 내 안에서 점점 더 커진다. '아버지'라고 나지막이 중얼거리는 것조차 마음이 아프고, 누군가 아버지 얘기를 물으면 눈물부터 난다.

나에게 있어 아버지는 인생길을 밝혀주는 등불이자 이정표였다.

세상에서 내가 가장 존경하는 분이었다. 그런 분을 잃었는데 어찌 멀쩡할 수가 있겠는가. 가슴 한쪽이 텅 비어 그 사이사이로 시린 바람이 분다. 슬퍼하고 슬퍼해도 모자란다. 이렇게 슬픔을 주체할 수 없을 때마다 나는 아버지에게 부치지 못하는 편지를 쓴다.

아.버.지.

잘 계시지요...

살아생전 어쩌자고 그리 깊어 바닥 모를 사랑만 주셨는지요.

어쩌자고 당신의 외로움 젖혀놓고 저희 손만 잡아 주셨는지요.

어쩌자고 당신의 고달픔 젖혀놓고 저희 등만 쓰다듬어 주셨는지요.

저희는 잘 있습니다.

몸도 마음도 많이 약해졌지만 언제 어디서든 당신을 느낄 수 있기에

저희 눈을 통해 당신도 세상을 바라보고 있음을 알기에 힘들지 않습니다.

정말로 큰 행복이지요.

곁에 없으나 곁에 있음을 느낀다는 것은.

언젠가 다시 만나는 날,

눈물 가득 고인 눈으로 저를 꼬옥 안아 줄 당신.

한달음에 달려가 그 따스한 품에 안기기 위해서라도

당신이 소중히 여기던 어떤 것도 절대로 놓지 않겠습니다.

당신이 가신 날, 또 한 번 다짐해 봅니다.

그러니 여기 걱정은 하지 마세요.

그곳에서라도 부디 당신만의 삶을 사세요.

사무치게 그립지만 당신의 외로움만은 못할 터이니.

넓고 깊은 사람이 되어 이제는 제가 당신의 등을 쓸어드리겠습니다.

2남1녀 중 막내딸인 나는 어릴 때부터 아버지의 사랑을 독차지했다. 나중에 엄마에게 들은 얘기지만 아버지가 편찮으셨을 때 우연히 지나가던 스님 한 분이 "애를 낳으면 딸일 것이고, 딸이면 아빠한테 좋을 것이다. 건강도 괜찮아질 것이다."라고 얘기했다고 한다. 신기하게도 그 얘기가 적중하였고, 원래부터 딸이 귀했던 집안이라 그런지 유독 나를 예뻐하셨다.

자랄 때는 잘 몰랐는데 크고 나니 오빠들한테도 "아버지가 너만 예뻐하셨어."라는 얘기를 들을 정도였으니. 말 그대로 눈에 넣어도 안 아플 막내딸이었다.

내가 신문사에 다닐 때는 거의 매일 일로 늦는 딸 때문에 늘 걱정을 하셨고, 방 안에서 편히 주무시지 않고 꼭 퇴근할 때까지 거실에서 기다렸다 맞아주시곤 했다.

"왜 이제 와. 빨리 시집을 보내버려야지, 안 되겠다."

그때는 철이 없어 몰랐지만 내가 퇴근할 때까지 아버지는 한 번도 마음 편하게 다리 뻗고 주무신 적이 없었다. 결혼하고 나니 비로소 그때 아버지 마음이 어떤 거였는지 조금 깨닫게 되었다.

아버지는 언제나 나를 믿어주고 자랑스럽게 생각하셨다. 내가 뭘 하든 간에 걱정은 하셔도 자식을 믿어주시는 것이 느껴졌고, 그 믿음이 내게는 앞으로 나아갈 수 있는 원동력이 되어주었다.

5대 시의원 때는 비례대표로 당선되었기에 의정활동에 전념하면 되었지만 6대 때는 지역구였기 때문에 치열한 선거전을 치러야 했다. 그때도 아버지를 비롯한 엄마와 오빠들, 그리고 남편의 든든한 지원과 응원이 있었기에 당선될 수 있었다고 생각한다.

더욱이 6대 때는 비교적 젊은 내가 전반기 부의장을 맡게 되었는데, 그때 오빠들과 함께 아버지가 부의장실에 오신 적이 있다. 책상에 놓인 내 명패를 보면서 아버지가 뿌듯해하시던 모습이 지금도 눈에 선하다. 걱정하기만 했던 막내딸이 험난한 정치 세계에서 여성 최초로 김포시의회 부의장을 맡게 된 것이 아버지로서는 무척이나 기쁘셨으리라.

그런데도 아버지는 남들 앞에서는 딸 자랑을 잘 하지 않으셨다. 이후 내가 7대 시의장이 되었을 때도 마찬가지였다. 딸 자랑을 하는 것 자체가 왠지 그러면 안 될 것 같다는 생각을 하셨던 듯하다. 딸이 잘되려면 오히려 당신 스스로를 더 낮춰야 한다고 생각하셨을 것이다.

그 대신 당신이 지은 농사가 잘되었을 때는 무척 자랑스러워하셨다. 아버지는 천생 농부셨다. 감자 농사를 잘 지으면 어린아이처럼 기뻐하셨고, 잘되면 잘되는 대로 안되면 안되는 대로 열심히 농사만 지으셨다.

그런 아버지의 노력은 1995년 김포군(당시는 김포군)에서 처음으로 제정된 '농민의 날'에 특용작물 분야 대상 수상으로 이어졌다. 버섯 농사에 있어서만큼은 아버지가 그 분야 최고가 된 것이다.

어린 마음에도 아버지의 모습을 보고 '아, 저렇게 노력하시고 열심히 일하시니 그에 대한 보답을 받으시는구나.'라는 생각이 들었다. 나한테는 어떤 교훈보다 더 값진 교훈이었다.

그때만 해도 수상을 하면 행운의 열쇠가 부상으로 주어졌는데, 그것을 받으시고 굉장히 뿌듯해하셨다. 살아생전 아버지는 이 행운의 열쇠를 나에게 주시겠다고 엄마한테 얘기하셨다고 한다. 아버지가 돌아가신 후 엄마가 나에게 전해 주셨다. 더없이 소중한 유산인 만큼 나 역시 잘 모셔두고 있다.

동네 분들은 아버지를 표현할 때 '법 없이도 살 분'이라는 말씀을 많이 하셨다. 본인이 손해 보는 일이 있더라도 남에게는 피해 주지 않고 평생을 선하게 사셨던 분이다. 검소함이 몸에 밴 분이셨고, 누구와도 갈등을 일으키는 것을 좋아하지 않으셨다.

아버지를 닮아서 나 역시 다투는 것을 좋아하지 않는다. 그래서 의원님들하고도 늘 소통하면서 잘 지내려고 노력한다. 아버지를 보고 배운 삶의 지혜이다.

톨스토이는 "자녀교육의 핵심은 지식을 넓히는 것이 아니라 자존감을 높이는 데 있다."라고 했다. 나의 아버지는 나에게는 최고의 선생님이셨다. 이래라, 저래라 강압적으로 가르치는 대신 몸소 행동으로 보여주셨고, 늘 나를 자랑스러워하셨다. 그것이 은연중에 나에게 훌륭한 교육이 되었고 자존감도 높여주었다.

나 역시 아버지가 자랑스럽고 마음 깊이 존경한다. 상투적인 얘기로 들릴지도 모르겠지만 내가 맡은 바 책임을 다하고 하루하루 성실하게 살아간다면 아버지도 분명 환하게 미소 짓고 계시리라.

아.버.지.
당신이 남기고 간 사랑 속에서
당신이 주고 간 교훈 속에서
하루를 닫고 하루를 엽니다.

아직은 많이 부끄럽습니다.
해야 할 일도 가야 할 길도 끝이 보이지 않지만
한 가지 약속드릴 수 있는 건
당신에게 부끄러운 사람만은 되지 않겠다는 것.
그러기 위해 더딘 발걸음이지만 조금씩 내딛고 있다는 것.

오늘도 당신의 그림자를 밟고 갑니다.
지칠 때면 쉬었다 가기도 하고 투정과 고집도 맘껏 부릴 수 있었던
그렇게 늘 눈부신 햇살과 사랑으로 가득했던 당신의 그늘 덕분에
지금의 제가 있음을 잊지 않고 있습니다.

이 세상에 살아 있는 동안은
언제나 보고 싶을 내 사랑하는 당신
당신은 제 그림자입니다.

- 당신의 딸 명순 올림 -

2

Chapter

제대로 듣고 제대로 전달하고
제대로 실천한다

✱ 배움의 자세로 임하다

✱ 초선 의원의 첫 의정활동 보고서

✱ 기본에 충실한 행정

✱ 장기도서관 기부채납 약속 이행해라

✱ 첫 해외공무로 일본과 싱가포르를 가다

✱ 한강신도시를 그저 그런 도시로 만들 것인가,
　수도권 명품도시로 만들 것인가

✱ 부실시공 없는 공공건물 건립에 만전을

✱ 김포시 청소년근로자 인권보호 조례를 제정하다

✱ 소통을 통한 예산편성과 여성친화도시에 대하여

✱ 지역에 대한 애정이 무한한 책임감으로

"세상에서 가장 현명한 사람은
모든 사람으로부터 배울 수 있는 사람이고,
남을 칭찬하는 사람이고,
감정을 조절할 수 있는 사람이다."

- 탈무드 -

배움의 자세로
임하다

"나에게 새로운 일이 주어졌다. 쉽지 않은 일이라 두렵기도 하지만 누구나 쉽게 할 수 있는 일이 아니기 때문에 더 매력 있다.

인생은 도전이야. 힘을 내서 도전해봐. 넌 할 수 있어. 피할 수 없다면 즐겨. 카르페 디엠(Carpe diem)!"(대학 때 교양으로 읽었던 철학책에서 처음 알게 된 카르페 디엠! 그 시절 대학 친구들과의 모임 이름이기도 했다)

"새로운 시작은 언제나 설렌다.
하지만 이번 일에는 두려움이 더 크다.
I can do it!"

제5대 김포시의회에 입성하면서 블로그에 적어놓은 단상들이다. 김포를 대표하는 시민의 대변자로서 항상 겸손한 자세와 열린 마인드로 땀 흘려 일하는 지역사회의 참 일꾼이 되고자 다짐하였으나,

모르는 것투성이라 두려움도 컸다. 이 두려움을 이기려면 더 겸손하고 더 낮은 자세로 더 많은 것을 배워가야 했다.

2010년 7월 1일 제5대 시의회가 개원되고, 7일부터 첫 의회 일정이 시작됐다. 특히 이번 의회는 그 어느 때보다 젊은 의원들의 구성으로 많은 관심과 기대 속에서 출범했다.

첫 의회는 제112회 임시회로 사흘 동안 진행된 업무보고와 하루의 현장방문, 그리고 이틀간의 조례심사와 의결을 끝으로 약 10일간의 일정이 마무리됐다.

처음 해 보는 의정활동. 과연 잘할 수 있을까? 두려움이 앞서는 순간이었다.

임시회 시작 전 한 직원에게 물었다.

"제가 뭘 준비해야 하나요?"

"이번 임시회는 업무보고를 받는 자리니까 잘 들으시고 모르는 것 질문하시면 됩니다."

"네 알겠습니다."

'업무보고니까 잘 들으면 되는구나!' 하는 생각으로 특위장에 들어섰다.

그러나 처음부터 업무보고를 너무 쉽게 생각하고 그 자리에 앉았던 것 같다. 아니, 쉽게 생각한 건 아니지만 너무 준비가 부족했다.

먼저 국장의 업무보고를 듣고 이후 진행된 의원들의 질문은 그야말로 뜨거운 논쟁의 시간이었다. 다른 의원들의 봇물 터지듯이

터져 나오는 질문들은 나로서는 생각지도 못했던 것들이었다. 또 어느 순간은 행정사무 감사를 보듯 긴장감이 감돌기도 했다.

업무보고는 집행기관에서 현재 계획하고 추진 중인 사업들을 A4용지 한 장 정도의 분량으로 한 사업씩 간단명료하게 정리해서 보고하는 형식이었다. '한 장의 보고서'. 그 안의 몇 안 되는 글자에서 무수히 많은 질문들이 쏟아져 나왔다. 다른 의원들의 질문은 마치 글자와 글자 사이에 숨은 그림을 찾아 답을 말하는 듯했다.

'나는 왜 저걸 몰랐을까? 나는 왜 저런 생각을 못 했지? 저기에는 저런 뜻이 있었구나……'

동료의원들의 당당하고 패기 넘치는 질문과 화려한 언변이 나로서는 부럽기만 했다.

당선된 이후 만난 사람들이 나에게 가장 많이 했던 말 중 하나가 "공부 많이 해야 된다."였다. 무슨 공부를 어떻게 하지? 그때는 통감을 잡을 수가 없었는데 이제야 그 뜻을 조금 알 수 있을 것 같다. 보고서의 보이지 않은 숨은 그림을 찾기 위해서는 정말 많은 공부가 필요하다는 걸 실감하는 시간이었다. 초선 처음 회기에서 공무

초보 의원시절 발언할 때는 늘 긴장의 연속이었다.

추운 겨울을 이겨낸 봄꽃처럼

원을 상대로 질문하는 것은 쉽지 않았다.

4일간의 업무보고 후 이어진 현장방문.

처음에는 이 또한 보고서 내용을 현장에 가서 직접 보고 듣는 시간 정도로 생각했다. 그러나 현장을 직접 방문했을 때 여러 가지 문제점들이 눈에 띄었다.

시민의 소중한 혈세 4억 원을 들여 군부대 연병장 한쪽에 조성 중인 야구연습장은 사용 전 군부대와의 협의(주말 예외)가 필요하단다.

주민의 토지를 임대해 열심히 꾸며놓은 한 테마파크는 임대면적이 축소되면서 구석으로 밀려나 있으나 마나 한 파크로 전락, 임대료만 낭비하는 꼴이 되었다. 또 생태탐방로로 조성 중인 부지는 토지주들의 반대와 부서 간 업무협조 미비, 인근에 무분별하게 들어선 창고와 각종 시설물들로 생태보존이 어려운 지역으로 변질되어 사업이 축소되는 상황에 놓이게 됐다.

현장에 나가 하나하나 확인하는 순간 보고서의 화려한 문구는 그냥 글자에 불과하다는 사실을 실감했다.

"현장 위주의 의정활동이 필요하다."는 선배 의원님의 조언을 가슴 깊이 새겼다.

10여 일간의 첫 의정활동. 무조건 배움의 자세로 임했다. 그러나 이번 첫 임시회에서 나는 말 한마디 제대로 하지 못했다. 사실 아는 것이 없으니 딱히 할 말도 없었다. 그렇지만 입을 다물고 있는 동안 열심히 보고, 듣고, 느끼고, 배웠다.

나 같은 초선의원에게는 공부의 내공으로 다져진 자신감이 필요한 것 같다. 이제 공부의 방향을 잡았으니 아마도 두 번째 의정에서는 지금보다는 나은 의원다운 모습을 갖출 수 있지 않을까 스스로 기대해 본다.

그런데 막상 시의회에 들어가 보니 이론에 관한 부분과 집행기관이 행정에 관해 얘기하는 부분 사이에 괴리감이 좀 있었다. 그래서 '어, 교육은 이렇게 받는 게 맞는 건가? 현장에서의 경험이 더 중요한 거 아닌가?' 하는 생각도 했다.

처음에는 교육의 경우 무엇부터 배워야 할지 몰라 선택하기가 쉽지 않았는데, 어떤 교육을 받든 교육시간에 사례를 중심으로 설명해 주면 나는 무조건 '우리 시는? 다른 시는?'에 초점을 맞추어 우리 시와 다른 시를 비교·대조·분석하기 시작하였다. 예를 들어 다른 시에서는 잘못하고 있던 행정들, 그런 점들에 관한 얘기를 들으면 김포에서는 제대로 하고 있는지 집중적으로 짚어본 것이다.

이후 하나라도 더 배우기 위해 교육프로그램은 거의 빠지지 않고 참석하려고 노력하였다. 김포만 봤을 때는 잘 모를 수도 있어서 외국에도 가서 견문을 넓혔다. 일본 후쿠오카와 싱가포르 등의 해외공무가 그것이다.

두려움 반 설렘 반의 시의회 입성. 앞으로 배워야 할 것도 해야 할 것도 태산이었다.

그렇다고 겁먹을 건 없었다. 천 리 길도 한 걸음부터다. 한 걸음 한 걸음 성실하게 배우는 자세로 임하다 보면 분명 나만이 할 수 있고 해낼 수 있는 일들이 보이리라.

초선 의원의
첫 의정활동 보고서

제5대 의회 개원 후 두 달이란 시간이 순식간에 흘렀다. 현장을 방문하는 한편 여러 교육프로그램에 참여하며 바쁘게 보낸 하루하루였다.

초선 의원이라 모든 것이 낯설어 나도 모르게 위축되기도 했지만, 그럴 때마다 하나라도 더 배우기 위하여 더욱 겸손한 자세로 임하려 노력하였다.

셰익스피어도 말하지 않았던가. "험한 언덕을 오르기 위해 처음에는 천천히 걷는 것이 필요하다."라고. 다만 나는 천천히 걷되 성실함으로 무장한다면 험한 언덕도 오를 수 있으리라 믿었다.

9월 9일 개회된 제113회 임시회에서는 2010년 일반 및 특별회계 제2회 추가경정예산안을 비롯해 17건의 조례를 심의하였다. 나의 첫 의정활동이었다.

그러나 생각했던 것과는 많이 다른 현실이 기다리고 있었다.

내가 시의원이 되고자 나섰을 때 다른 것은 몰라도 시민들이 내는 세금만큼은 아깝지 않게 적재적소에 잘 쓰일 수 있도록 일하자는 마음이었다. 그런데 첫 예산안 심의부터 많은 갈등을 하게 되었다. 조례규정과 절차를 무시한 예산안을 보고 집행기관에 실망하게 되었기 때문이다.

또한 그럼에도 불구하고 그런 예산안을 승인할 수밖에 없었던 것에 대하여 안타깝게 생각하고 반성하였다. 이 같은 마음은 초선의원인 나뿐만 아니라 다른 선배 의원님들도 공감하신 부분일 것이다.

이번 추경안에는 조례로 규정된 사안에 대해 절차를 이행하지 않고 계상된 예산이 여러 건 있었다.

풍무중 냉난방시설 개선사업은 교육경비심의를 거치지 않았으며, 사계절 스케이트장은 공유재산관리 심의를 먼저 거쳐야 함에도 절차를 무시하고 예산과 심의가 같이 이루어졌다.

복지재단 설립 타당성 검토용역은 조례규정 상 용역과제 심의위원회를 먼저 거쳐야 함에도 절차를 이행하지 않았다.

대곶초등학교 작은 도서관과 하성면복지문화센터 건립 공사는 타 지역과 형평성이 맞지 않게 많은 예산이 책정돼 심의 과정에서 많은 논란이 되었다.

이같이 절차와 규정을 무시한 예산안에 대해 과감히 삭감해야 함이 마땅하나 수혜자의 피해, 기 확보된 국도비의 반환, 사업의 시급성 때문에 삭감하지 못하고 원안대로 가결한 사안에 대하여 의원으로서 제 할일을 못한 것 같아 마음이 무거웠다.

속담에 "베는 석 자라도 틀은 틀대로 해야 된다."라는 말이 있다. 불과 석 자짜리 베를 짜려고 해도 베틀 차리기는 마찬가지라는 뜻으로, 사소하거나 급하다 하여 기본 원칙을 무시할 수 없음을 비유적으로 이르는 말이다.

행정에 있어서도 마찬가지다. 앞으로는 예산심의에 있어 절차와 규정을 무시한 안이 계상되어서도 안 되고 어쩔 수 없다는 이유로 삭감하지 못하는 일이 생기지 않기를 바라는 마음이다. 또한 집행기관에서도 이 같은 일이 반복되지 않도록 2011년 본예산안부터는 절차와 규정대로 예산안이 만들어질 수 있도록 당부하는 바이다.

나는 이번 추경예산안 심의를 하면서 원칙과 절차, 규칙을 중시해야 하는 의원으로서 그것을 스스로 지키지 못한 것에 대해 깊이 반성하고 초선 의원으로서 초심을 잃지 말자는 각오를 한 번 더 다졌다.

기본에 충실한 행정

민선 5기가 개원하고 6개월이라는 시간이 지났다.

초선 의원인 나에게 6개월이라는 의정활동 시간은 7월 개원 이후 업무보고를 시작으로 2회 추경안 심의, 결산보고, 행정사무 감사와 2011년 본예산 심의를 거치면서 많은 의정활동 가운데 중요한 것들을 경험하게 하는 귀중한 시간이었다.

수년 혹은 수십 년간 공직생활을 해온 공직자에 비하면 이 6개월이라는 시간은 초선 의원인 내가 행정을 이해하고, 알기란 너무나 짧은 시간일 것이다.

그러나 바로 초선 의원이기 때문에 매너리즘에 빠지지 않고 조금 더 객관적인 시각을 유지할 수 있었다고 생각한다.

시의원이란 무엇인가? 한마디로 정의하면 정책의 중요의사를 결정하는 시민대표라 할 수 있다. 즉 김포시민의 대표자로서 시민의 복리증진과 지역균형 개발에 노력하여 김포시 정책에 반영하는 일을 하는 사람이지 않은가.

그래서인지 짧다면 짧고 길다면 긴 6개월간의 의정활동을 하면서 나는 정치가보다는 시민의 입장에 한 발 더 다가서서 김포시 행정의 기본에 대해서 생각하게 되었다.

"과연 집행기관이 행정을 함에 있어 기본에 충실한가? 또 원리 원칙을 지키고 있는가?"

6개월간 지켜본 나의 소견으로는 "그렇지 않다"였다.

모든 행정에 있어 조례는 근간이 되어야 함에도 불구하고 '조례 따로', '행정 따로'인 경우가 있었기 때문이다.

이번 행정사무 감사를 통하여 나는 다음과 같은 점을 지적했다.

김포시에는 8개의 기금에 관한 조례가 있으나 그중 5개만 운용하고, 나머지 3개는 제정한 지 수년이 지났음에도 전혀 운용되지 않고 있었으며, 심지어 관계부서에서는 조례에 대해 제대로 파악조차 못 한 상태였다.

또한 집행기관에서 작성한 2011년 본예산안은 예산집행에 근간이 되는 조례가 아직 제정되지도 않은 상황에서 예산을 편성한 경우가 2건 있었으며, 김포시의 중·장기적 발전계획으로서 시의 비전을 제시하는 중기지방재정계획과 따로 간다는 것이었다.

중기지방재정계획은 합리적이고 계획적인 지방재정계획을 수립하여 한정된 재원 범위 내에서 투자수요에 맞게 예산을 적정하게 반영하여 사업이 원활히 추진될 수 있도록 하기 위한 것이다.

그러나 이번 본예산안에 중기지방재정계획이 제대로 반영된 사업은 30여 건(엇비슷한 것 포함)에 불과했으며, 중기지방재정계획보다 예산이 적게 반영된 사업은 52개, 많게 반영된 사업은 40개(복지분야도 있었지만 각종 체육대회, 공무원복지, 사회단체보조 등이 포함됐으며 2011년 계획에는 없었으나 갑자기 포함된 사업도 몇건 있었음), 전혀 반영되지 않은 사업 또한 무려 42개로 총 150여 개 사업이 중기지방재정계획과는 따로 가는 것이었다.

　물론 지방세와 국고보조금 등 세수추계의 어려움과 행·재정적 여건변화에 따라 투자계획 수립에 대한 정확한 장래예측에는 한계가 있을 수 있다.

　그러나 매년 수정·보완되는 특수성이 있음에도 본예산안을 작성하기 채 한 달도 안 되는 시점에 작성하는 중기지방재정계획이 본예산과 많은 차이를 보인다는 것은 주먹구구식 예산편성으로밖에 볼 수 없다.

　내가 예산심의를 하면서 각 부서의 사업예산안이 중기지방재정과 큰 차이가 있는 이유를 물으면 집행기관에서는 충분한 설명 없이 "예산부서에서 삭감해 그렇다."라는 말과 "다른 시·군에서도 중기지방재정계획대로 예산을 편성하는 곳은 거의 없다."라는 식의 답변뿐이었다.

　그렇다면 중기지방재정계획은 왜 만드는가?

　지방의회에 보고하고 행정자치부 장관에게 제출해야 한다는 지방재정법 제33조 때문인가?

　지금까지처럼 예산안 작성이 중기지방재정계획과 따로 간다면 집행기관은 그야말로 책자 만드느라 아까운 시간과 종이만 낭비한 셈이라고밖에 볼 수 없다.

조례가 법률적인 구속력이 있거나 중기지방재정계획이 예산편성에 있어 강제조항이 아니라는 것은 나 역시 잘 알고 있다.

그렇지만 행정을 함에 있어 조례가 기본이 되지 않고, 예산편성에 있어 중기지방재정계획이 제대로 수반되지 않는다면 김포시의 모든 행정은 나침반 없이 거친 바다를 항해하는 배와 같을 것이다.

정성을 다하는 사람만이 세상을 변하게 할 수 있다.

초선 의원인 내가 군이 조례와 중기지방재정계획에 대하여 지적하는 것은 행정을 잘 알아서가 아니다.

기본에 충실하다 보면 길이 생긴다.

사람들은 한 가지 일을 오래 하다 보면 초심을 잃을 때가 있다.

공직생활도 마찬가지라고 생각한다. 오랜 관행으로 굳어버린 일, 습관처럼 해온 일들의 기본은 무엇인지 다시 생각해 봐야 한다.

기본에 충실한 행정! 원리원칙에 입각한 행정! 이런 행정을 펼쳐 나갈 수 있도록 나뿐 아니라 모든 공직자가 최선을 다할 때, 보다 성숙하고 발전하는 김포시로 거듭날 수 있을 것이다.

"작은 일도 무시하지 않고 최선을 다해야 한다.

작은 일에도 최선을 다하면 정성스럽게 된다.

정성스럽게 되면 겉에 배어 나오고

겉으로 드러나면 이내 밝아지고

밝아지면 남을 감동시키고

감동시키면 이내 변하게 되고

변하면 생육된다.

그러니 오직 세상에서 지극히 정성을 다하는 사람만이

나와 세상을 변하게 할 수 있는 것이다."

– 중용 23장 –

장기도서관 기부채납 약속
이행해라

그 무렵 나는 앞에서 말한 '기본에 충실한 행정'에 초점을 맞춰 제115회 정례회에서 5분자유발언을 했다.

시에서 행정을 하려면 절차를 밟아야 한다. 특히 예산이 많이 들어가는 사업들에 대해서는 중기지방재정계획을 세운다. 그런데 이 계획을 그냥 형식적으로 세운 것들이 많았다. 공무원들이 중기지방재정계획을 세우라고 하니까 하기야 하는데, 형식적으로만 할 뿐 예산서와 중기지방재정계획을 일일이 맞춰서 하지는 않은 것이다.

나는 이 점에 주목하여 하나하나씩 예산서와 중기지방재정계획을 모두 대조하여, 그중 맞지 않은 것을 제시하면서, 이왕 할 거면 형식치레로만 끝낼 것이 아니라 중기지방재정계획에 맞게 우리가 어떻게 도시를 만들어 갈 것인지를 계획하고 수립해야 하지 않겠는가. 그런 취지에서 5분자유발언을 했다.

그러자니 일이 엄청 많았다. 예산서와 중기지방재정계획을 일일이 다 맞춰보고, 이 사업이 들어갔는지 안 들어갔는지도 다 맞춰보았다.

또 계획에 없었던 일이 들어온 경우도 있었는데, 특히 예산이 크게 들어가는 사업임에도 불구하고 즉흥적으로 끼어 들어오는 사업들은 모두 가려내어 사례 제시를 하였다. 그러면서 "도대체 우리가 중기지방재정계획을 왜 세우느냐?" "그 목적이 있을 텐데 그 목적에 하나도 맞지 않는다. 그리고 실천조차 제대로 되지 않는다."라고 지적하였다.

위탁사업도 마찬가지였다. 위탁사업은 동의안을 받는 것이 원칙이다. 동의안을 받기 위해서는 해야 할 절차가 있는데, 그 절차가 생략된 부분들이 많았다. 그리고 경우에 따라 재위탁을 주는 사례들도 있어서 그 사례들을 모두 제시하면서 절차에 맞게 하라고 지적하였다.

사실 이 무렵의 나는 행정 돌아가는 것을 잘 모를 때였다. 그렇기 때문에 더더욱 기본에, 법에 충실해야 한다고 강조할 수 있었던 것 같다. 법은 지키라고 있는 것이고 지켜져야 하는 것이다. 내가 이렇게까지 조목조목 따지고 들었던 것은 틀에 있는 원칙을 공무원들이 지키지 않았을 때, 예산이 낭비되는 사례가 많았기 때문이다.

하나하나 대조하는 바람에 일이 많아 힘들긴 했지만 잘못된 것을 지적하는 일이 초선 의원으로서의 나의 사명이자 책임이라 믿었기에 어떤 면에서는 가장 일하기가 편했다. 법에서 얘기했던 부분들이 지켜지고 있는지 안 지켜지고 있는지만 따지면 됐으니 말이다.

가끔 이때의 5분자유발언을 통해서 공무원들이 자극받았다는 얘기를 듣곤 한다. 이후부터는 공무원들이 중기지방재정계획도, 민간위탁동의안도 원칙대로 다 계획을 잡아서 절차대로 진행해 나갔다. 이런 변화를 느끼면서 무척 보람을 느꼈다. 나로 인해 얘기가 시작되고 변화가 생긴다는 것은 굉장히 뿌듯한 일이었다. 동시에 이를 통해 '아, 나도 이렇게 배워가는구나. 이렇게 커가는구나.' 하는 생각이 들었고 더 열심히 해야겠다고 다짐하였다.

2011년 가을. 결실의 계절 가을은 김포를 상징하는 황금들녘을 볼 수 있는 계절이기도 하다. 농부의 자식으로 태어나 어릴 적부터 보고 자라 그런지 지금도 노랗게 익은 들판을 보면 마음이 편안해지곤 한다. 노랗게 익어 고개 숙인 벼 사이로 바람이 한 번 스치기라도 하면 그야말로 황금물결이 출렁이듯 장관을 이룬다. 이것이야말로 자연이 우리 김포사람들에게 준 위대한 선물이리라.

김포에서 나고 자란 사람이라면 황금물결 출렁이는 가을 들녘의 모습을 마음속에 풍경화처럼 품고 있을 것이다. 그러나 이제 김포가 대단위 택지개발사업으로 점점 도시화되면서 이 같은 풍경을 보기란 쉽지 않아졌다. 김포의 상징인 황금들녘과 맞바꾼 도시화가 과연 김포의 새로운 상징이 될 수 있을지 기대와 우려가 공존하는 시점이었다.

더욱이 김포시의 경우 신도시가 되면서 도시화되긴 했어도 기반시설들이 제대로 갖추어지지 않았다. 이로 인해 김포시로 이주해 와 살고 있는 외부에서 유입된 사람들은 "김포에 도서관 하나 없다."라는 얘기들을 많이 하였다. 대단위 택지개발사업인 한강신도시는 2012년 12월 말 완공 계획이었지만 도시철도를 비롯하여 도로, 공원 등 여러 가지 기반시설들이 아직도 자리를 잡지 못하고 있는 상황이었다.

한강신도시 계획단계에서 LH공사는 신도시 장기동에 도서관을 지어 기부채납하기로 약속했었다. 그러나 그해(2011) 국토해양부 국정감사에서 LH공사가 지방자치단체가 법적 근거 없이 택지개발사업을 하는 과정에서 도로, 도서관 등 기반시설 설치를 합의했다가 감사원의 시정요구를 받은 사실이 알려지면서 김포에도 여러 가지 사업이 중단될 처지에 놓이게 되었다.

「택지개발촉진법」과 「주택법」에 의하면 지방자치단체장은 사업지구의 도로, 하천 및 스포츠센터 등 기반 편의시설을 인근지역의 개발 사업시행자에게 설치하도록 요구하여서는 안 되고, 시행자는 지자체의 요구를 수용하거나 기반시설 설치비를 조성원가에 포함시켜 입주자에게 부담을 전가해서도 안 된다는 것이다. 하지만 LH공사는 한강신도시 등 전국 43개 지구에서 택지개발사업을 하면서 4조7,000억 원에 이르는 지방자치단체의 도로, 도서관, 문화센터 등 기반시설 설치요구를 수용했었다.

그러나 이후 법적 근거가 없다는 감사원의 시정요구를 받은 LH

공사는 지자체와 합의했던 29개 지구 중 3조7,000억 원의 미집행 금액을 지불하지 못하겠다고 내부방침을 정하고 지자체에 통보하거나 협의 중인 것으로 알려졌다.

LH가 이 무렵 발표한 기반시설 설치비용 부담불가 현황에는 일산대교 접속연결로 설치 270억 원, 시도1호선 연결램프 설치 141억 원, 철책제거사업비 분담 94억 원, 계양천 횡단교량 설치 45억 원, 시네폴리스 지하차도 설치 58억 원 등 5개 사업 총 608억 원이 포함되어 있다.

이 사업은 분양대금에 포함되어 있는 사업은 아니다. 하지만 김포시 도시화에 꼭 필요한 기반시설인 만큼 사업이 제때 진행될 수 있도록 특단의 대책이 필요하였다.

문제는 이것만이 아니었다. LH공사는 지난 2007년 김포·양촌지구 공공시설 기부채납과 관련하여 건교부고시 제2007-452호로 고시된 김포·양촌지구 개발계획 변경 및 실시계획 승인내용에 따라 주제공원 제4호 내 도서관 1개소, 문화시설 용지 2곳, 주제공원 제5호 내 아트빌리지에 대하여 김포시에 기부채납 할 것을 약속한 바 있다. 그러나 LH공사는 감사원 시정요구를 이유로 기반시설 설치비용 부담불가 현황에 포함되어 있지도 않은 도서관에 대하여 기부채납 할 수 없다는 입장을 취한 것으로 알려졌다.

도서관의 경우 김포시에서 먼저 요구한 사항도 아니고 LH가 기부채납 하겠다고 공문까지 보내온 만큼 감사원의 시정요구나 분양대금 포함 여부와 상관없이 LH공사가 하여야 하는 사업이었다.

도서관은 지역주민의 삶의 질을 한 단계 끌어올리는 문화의 장이다. 비록 대규모 도서관은 아닐지라도 책과 함께할 수 있는 공간이 많으면 많을수록 도시의 가치 또한 올라갈 것이다. 앞으로 건설될 도시철도와 관련하여 시 예산이 많이 소요될 것으로 예상되는 만큼 향후 몇 년 내에 도서관을 건설한다는 것은 김포시 재정 여건상 매우 어려울 것으로 보였다.

LH공사가 약속한 도서관 건립은 법에 위배되는 사안도 아니었다. 또한 분양 당시 계획되었던 도서관이 지어지지 않을 시 한강신도시 입주민들의 실망감 또한 클 것이었다. 도서관만큼은 반드시 LH공사가 건립하여 시에 기부채납 할 수 있도록 시가 적극적인 시정을 펼쳐야 할 때였다.

나는 제124회 임시회에서 5분자유발언을 통하여 LH가 기부채납 해주기로 약속하고 지키지 않고 있는 도서관 건립 문제에 대해 조목조목 따졌다. 시에서도 거의 포기하고 있던 문제를 수면 위로 떠오르게 한 것이다. 나의 발언들이 계기가 되어 부서에서 LH와 싸울 수 있는 발판, 즉 물꼬가 트였다.

그 이후에도 몇 년 동안 LH공사와 줄다리기가 계속되었지만, 마침내 2019년 9월 도서관을 개관시킬 수 있는 여건을 만들어 냈다는 것에 지금도 무척 자부심을 갖는다.

어떻게 이룬 도시화인가? 김포의 상징인 황금들녘과 맞바꾼 도시화가 아니던가. 무엇보다도 우리 김포시가 기반시설도 제대로 갖추어지지 않은 볼품없고 회색빛 콘크리트만 가득한 삭막한 도시가 되지 않도록 해야겠다는 일념, 그것 하나로 시작한 일이었다.

물론 거대한 조직과 싸우는 것은 결코 쉬운 일이 아니다. 그러나 끝까지 포기하지 않고 토론하고 공직자들이 싸울 수 있는 토대를 만들어 주는 것, 나는 이것이야말로 시의원들의 역할이라고 믿는다.

10년을 기다려온 장기도서관 개관식

첫 해외공무로
일본과 싱가포르를 가다

2012년 5월 김포시의회 해외공무로 일본의 후쿠오카와 싱가포르를 가게 되었다. 나에게는 첫 해외공무였다.

일본과 싱가포르 두 나라 모두 아시아에서는 도시계획과 도시철도를 비롯한 대중교통 체계가 잘 되어 있는 나라이기 때문에 한강신도시 조성에 있어 우리에게 벤치마킹하기 좋은 대상국이었다. 당시 연수를 마치고 돌아와 연수보고서 작성을 정리해 놓은 덕분에 세세한 일정 및 현장에서 보고 듣고 느낀 것들을 확인할 수 있었다.

이번 해외공무는 일본 후쿠오카의 교통국과 싱가폴의 도시개발청, 교통부를 방문하는 일정으로 짜였다.

일본 규슈지방 제1의 도시인 후쿠오카는 '찬란한 자치도시'를 목표로 새로운 도시조성에 도전하고 있었다. 특히 이 지역의 서남부

추운 겨울을 이겨낸 봄꽃처럼

지역은 주택지의 중심지로 급속히 개발이 진행된 신시가지이나 철도가 없고, 버스나 자동차로 출퇴근하기 때문에 도심 방향 교통이 혼잡하고 만성적인 교통체증에 시달렸던 곳이다.

이러한 서남부 지역의 교통대책 일환으로 계획한 것이 지하철 나나쿠마선이다. 나나쿠마선이 완공되면서 후쿠오카의 지하철은 매년 1억 명 이상 승객이 이용하는 안전하고 확실한 교통수단으로 자리매김했다. 후쿠오카의 지하철은 1981년 메이노하마~후쿠오카 공항까지 이어지는 1호선 구코선을 개통한 이래 하코자키 4.7km의 2호선, 2007년 완공된 3호선 나나쿠마선 12km 등 3개의 노선으로 구성돼 있다.

이번 연수에서 우리가 중점적으로 견학한 것이 바로 2007년 완공된 나나쿠마선이다. 나나쿠마선은 규슈지방에서 처음으로 도입된 철륜식 리니어모터 시스템이다. 흔히 말하는 경전철이다.

나나쿠마선의 차량 이름은 '3000계'이다. 교통국 관계자는 "승객에게 편안하고, 지역에 뿌리내린 공공교통기관이라는 설계정책 하에 서남부 지역의 산능선과 강물을 표현한 푸른 2색으로 라인을 배치해 지역성을 살렸고, 스피드감을 주기 위해 차량 앞부분을 매끈하게 설계했다."라고 설명했다.

이 차량은 지하철 전자동운전을 대비한 차량이다. 자동열차운전장치, 차량정보제어장치, 열차무선장치 등 전자동운전 수행기능을 갖추었다. 구동방식은 리니어모터방식을 선정하여 급곡선, 급구배노선에 대응할 수 있도록 하였다. 급곡선을 주행할 수 있기 때문에 사유지를 통과하지 않고 직선 정거장을 용이하게 배치할 수 있다.

또한 대차 높이를 줄이고, 터널단면적을 기존 지하철에 비해 약 55%까지 축소할 수 있어 공기단축(4년8개월 소요)과 건설비를 줄일 수 있었다는 것이 최대 장점이었다는 것이 관계자의 설명이었다.

이 차량은 차내가 협소하고 차내 소음이 크다는 단점이 있었으나 곡선형의 차체단면형상, 천정부 평면화, 선반, 천장 광고 폐지, 넓은 발밑 공간 확보로 여유 있는 실내 공간을 만들었다. 차내 소음은 방음차륜과 방음단열재를 사용하면서 저감 효과를 얻었다.

또한 승객이 쾌적하게 승차하도록 실내는 흰색바탕으로, 객실 칸막이는 유리로 개방감을 살렸고, 승무원실과 객실 간 칸막이를 없애고, 차내는 밝게, 차량과 승강장 바닥의 단차나 간격을 줄여 위험요소를 최소화했다.

나나쿠마선 역사는 한눈에 봐도 신체적 약자를 배려한 사람 중심의 디자인으로 건설되었다는 것을 느낄 수 있었다.

휠체어 탑승 배치 차량은 전체 역 중앙부 엘리베이터 위치에 맞춰 차량을 편성, 장애인의 이용 편의를 한층 더 배려하였다. 매표기와 정산기는 휠체어 이용자들이 앉아서 표를 뽑을 수 있도록 낮게 제작하였고, 개찰구 한 곳은 휠체어 이용자들이 통과할 수 있도록 넓게 제작하였다. 시각장애인 유도 타일의 경우 휠체어 바퀴만큼의 넓이는 설치하지 않아 그대로 패스할 수 있도록 설치하였다. 플랫폼과 차량과의 틈새를 최대한 줄여 휠체어, 유모차 사용자의 승하차가 용이하게 제작되어 있었다.

역 계단의 경우 노인과 어린이들을 고려해 난간의 높이를 다르게 2중으로 설치하였고, 시력 약자를 위해 계단 끝의 색을 선명하게 표시해 놓았다.

화장실의 경우 모든 역마다 2개씩 설치되어 있었는데 다목적 침대가 구비되어 있고 눈에 띄는 색상으로 남녀 화장실을 구분해 놓았다.

2007년 완공된 역사라 스크린 도어의 경우 성인 가슴 높이 만큼만 설치되어 있었다. 우리나라의 전체를 커버하는 스크린 도어에 비해 다소 안정성에 문제가 있어 보였다.

그 밖에 역사의 가장 큰 특징이라면 역마다 심벌마크가 있어 지역의 특징을 한눈에 알 수 있다는 점이었다.

하시모토역과 이어지는 차량기지는 기존의 논을 다져서 기지로

차량기지

건설했다고 한다. 차량기지에는 4량 차량 22대가 머물러 점검을 받고 있었다. 차량의 수명은 30년가량, 8년마다 전체 점검을 한다.

차량기지는 에너지 절약을 위해 태양열 집열기 설치는 물론, 창을 많이 만들어 자연조명으로 작업을 하도록 했다는 것이 특징이다.

일본에 이어 두 번째로 방문한 곳은 정부 주도하에 계획된 나라인 싱가포르였다.

가난한 섬나라 싱가포르가 동남아시아에서 잘사는 나라가 된 것은 리콴유 수상이 30년간 재임하면서 강력한 법을 기초로 한 통치를 펼쳤기 때문이었을 것이다. 섬나라 싱가포르에는 농부, 어부, 광부의 직업이 없다고 한다. 농사를 직접 짓기보다는 각양각색의 독특한 건물을 지어 세계적인 금융회사를 유치하고, 선박을 통한 중개무역을 하다 보니 해양오염으로 정부에서는 어업을 하지 말도록 방침을 세웠다고 한다.

싱가포르의 전체 면적은 서울보다 약간 큰 정도. 작은 섬나라지만 소위 말하는 있을 것은 다 있어 보였다.

같은 모양의 건물은 찾아보기 힘들고 거리는 깨끗하고 산은 없지만 공원은 넓다. 담배는 지정된 장소 외 피우면 안 되고, 껌은 씹는 사람은 물론 바닥에 붙어 있는 껌딱지도 없다. 또 한 가지 남자는 여자를 이상한 눈길로 쳐다보면 안 된다. 이 모든 것을 법으로 규제하는 나라가 싱가포르다.

싱가포르는 간척사업으로 국토가 넓어지고는 있지만 늘어나는 자동차를 억제하기 위해 법으로 많은 규제를 하고 있었다.

싱가포르에서는 자동차를 사는 것보다 번호판을 사는 것이 더 어렵다. 자동차 번호판은 경매를 통해 구매해야 하는데 정부는 자국 내 자동차가 많아지면 경매가를 높여 자동차가 늘어나는 것을 규제한다. 보통 번호판 하나의 가격은 5천만 원. 차량이 증가하면 가격은 훨씬 더 비싸진다.

시내 교통체증을 줄이기 위해 ERP(고속도로 통행료)를 높인다. 곳곳에 ERP가 설치되어 있고 제시간에 출퇴근하려면 ERP를 한곳이라도 거치지 않고 목적지에 도착하기가 어렵다는 것이 가이드의 설명이었다. 통행료는 카드 선불결제 방식으로 충전되어 있지 않으면 통행료보다 많은 벌금을 내야 하기 때문에 자가용 운전자는 시동을 걸고 가장 먼저 하는 일이 카드에 남은 금액을 확인하는 일이라고 한다. 하루에 택시 6번 이상 타야 하는 경우가 아니라면 자동차를 소유하지 않는 것이 효율적이라고 한다.

싱가포르의 전철은 MRT와 LRT로 나뉜다. MRT는 모두 3개 노선으로 지하 중전철이다. 시내 주요 지역을 거의 다 지난다. LRT는 지상 경전철로 2량의 작은 열차가 신도시내 아파트 단지와 단지를 연결한다. MRT와 LRT는 환승이 가능하며 따로 승차권을 구매할 필요는 없다.

모두 정부가 운영하기 때문에 운영비의 부담을 줄이기 위해 사설광고를 전철 내부에 싣지 않아도 되고 전철 내부 광고는 공익광고만이 가능하다고 한다.

싱가포르의 도시계획은 철저하게 정부 주도하에 이루어진다.

The URA Center

그 중심이 The URA Center다. 이곳에서는 모든 건물을 디자인하고 그 모형을 전시한다. 그리고 그 모형과 똑같이 건물을 짓는다. 도심 한복판은 관공서와 금융 관련 건물, 호텔, 서쪽은 공업단지와 신개념 정부 아파트, 동쪽은 관광지 등등 자연환경과 교통여건에 따라 계획을 세운다고 한다.

적도 부근의 싱가포르는 동에서 서로 부는 무역풍의 영향으로 정부는 모든 공장들을 서쪽에 위치토록 했다.

국민들은 주로 정부가 분양하는 아파트에서 거주한다. 최근 분양하는 신개념 아파트의 경우 1층은 분양을 하지 않고 주민들을 위한 공동 공간으로 활용하고 단지와 단지 사이를 LRT(고가 경전철)로 연결하고 있다.

아파트는 실제 가격의 10%만 내고 나머지는 일하는 동안 월세로 납부한다. 개인 형편에 따라 크기를 선택할 수 있고, 부동산 투기 정도는 아니지만 좋은 아파트의 경우 분양을 받아서 프리미엄를 받고 파는 경우도 있다고 한다.

일본과 싱가포르는 분명 대한민국보다는 잘사는 나라다.

일본은 하드웨어와 소프트웨어, 즉 나라와 국민의식 모두 선진

추운 겨울을 이겨낸 봄꽃처럼

국이라면 싱가포르는 하드웨어만 선진국이라는 생각이 들었다.

지하철 역사만 해도 일본은 철저히 사람 중심 특히 약자에 대한 배려를 어디서나 볼 수 있고 느낄 수 있었지만, 싱가포르는 그 정도는 아니었다. 국민들의 의식수준마저 법으로 통치하고 있다는 느낌이 들어서 싱가포르가 잘산다고는 하지만 나에게 동경의 대상국은 아닌 것 같다.

나에게 첫 해외공무였던 일본과 싱가포르 방문은 현장에서, 생생하게, 그들의 도시계획과 대중교통 체계를 확인해 볼 수 있는 유익한 시간이었다.

그런데 생각 외로 의원들의 해외공무를 부정적인 시각으로 보시는 시민들이 많다.

부정적인 시각이 무엇 때문인지 잘 알고 있는 나로서는 7대 김포시의회 의장이 되고 그런 인식을 깨고 싶었다.

2018년 7대 시의회가 개회하고 의원들과 상의해 9월쯤 해외공무를 복지와 교통, 사회적 협동조합 등 선진 사례를 견학하기 위해 북유럽으로 정했다. 세금 아깝지 않게 열심히 사전 준비하고, 의원별 토론 주제 계획하고, 방문지를 선택하는 중에 언론에 "개원한 지 두 달도 안 돼 외유성 연수를 계획하고 있다."며 비난의 기사가 났고, 그 기사를 본 시민들은 "인터넷 서치하면 다 아는 것을 왜 내가 낸 세금으로 북유럽 가냐." 등 비난의 목소리가 쇄도했다.

그럼에도 연수 목적이 명확하고 제대로 준비해서 목적한 바를 얻는다면 시민들도 이해해 주실 것이라는 생각으로 강행하려 했으나 시민들의 생각은 그렇지 않았고, 더욱이 연수를 며칠 앞두고 태풍이 온다는 예보로 해외공무는 포기해야만 했다. 태풍으로 인해 지역에 어떤 일이 닥칠지 모르는 상황에서 태풍을 이기고 갈 수는 없었다.

이때 일을 통해 배운 바가 크다. 의원으로 생각하는 해외공무와 시민들이 느끼는 의원들의 해외공무는 분명한 차이가 있고, 시민들의 눈높이를 맞추고, 생각의 차이를 뛰어넘기는 어렵다는 것이었다. 의원들의 해외공무는 시민의 눈높이에 의원들이 맞춰야 했던 부분이었다.

결국 개원 초기 해외공무 여파가 컸는지 우리가 해외공무를 위해 무언가 준비하려고 하면 도시철도 개통이 지연되고, 아프리카 돼지열병이 발병하고, 코로나19 바이러스가 대유행하는 등 악재가 겹쳐 결국 해외공무는 한 번도 추진할 수 없었다.

한강신도시를 그저 그런 도시로 만들 것인가, 수도권 명품도시로 만들 것인가

민선 5기 출범이 엊그제 같은데 벌써 2년이라는 시간이 흘렀다. 남은 2년 동안 좀 더 성숙한 자세로 의정활동에 매진하리라.

2012년 12월 한강신도시가 부분 준공되었다. 부분준공 6개월을 앞둔 지난 6월 말에는 착공 4년 만에 국도 48호선 지하차도가 개통되어 20~30분 걸리던 신도시 구간 통과시간대가 5분으로 단축되면서 국도의 교통흐름도 원활함을 보이고 있다.

하지만 김포시의 경우 도시철도, 수로공사, 도시지원시설 미분양 등 굵직한 사업들이 난항을 겪고 있는 실정이었다. 12월 부분 준공을 앞두고 있는 이 시점에서 오랜 기간 해결되지 않고 있는 여러 가지 사항과 관심을 가져야 하는 사업들에 대해 집행기관의 적극적인 자세가 필요하였다.

나는 신도시 조성과 관련 원활한 교통체계를 위해 가장 시급하고 중요한 것은 도시철도 건설이라고 생각하였다. 김포시의 도시철도기본계획의 변경계획에 따라 LH는 기본계획 변경이 고시되면 사업비 1조2,000억 원의 부담에 대한 협약서를 체결하겠다고 약속하였으나, 도시철도기본계획 변경고시가 된 지 3개월이 지난 후에도 사업비 부담 협약체결은 아직 이루어지지 않고 있었다. 이와 관련하여 제132회 정례회 5분자유발언을 통해 김포시와 LH에게 당초 약속대로 조속한 시일 내에 협약서 체결을 해줄 것을 당부하였다.

한강신도시는 수로도시를 표방하고 2.7km의 대수로와 2.1km의 가마지천, 10.5km의 실개천과 수로 주변에는 레저와 문화공간 등을 함께 조성한다는 계획이었다. 당초 2012년 12월 완공 계획이었으나 수로 폭 조정 등의 문제로 LH에서 수로계획에 대한 실시 설계를 진행 중이었다.

수로의 경우 도시의 이미지를 좌우하는 중요한 상징물인 것은 사실이지만 시로서는 수로를 운영함에 있어서 경제적 부담 또한 클 것이다.

지난 시민참여위원회 워크숍에서 도시개발분과가 지적했듯이 물의 안정적 확보와 수질관리, 겨울철 효율적인 관리를 위해 고민해 보고 대안을 찾아야 하였다. 그 당시 고양시 호수공원의 경우 연간 관리비용이 20억 원 발생되는 것을 감안해 보면 신도시 내 수로의 관리방안에 대한 검토도 이 시점에서 함께 이루어져야 할 것이었다.

신도시 금빛 수로

　한강신도시 내 도시지원시설용지 미분양에 대한 대책도 필요해
보였다. 한강신도시는 주거 위주의 베드타운이 아닌 첨단산업의
육성과 자족도시로 건설하기 위해 도시지원시설용지를 분양하고
있었다. 분양 중인 도시지원시설용지의 경우 1년 7개월이 지났음
에도 불구하고 분양은 12필지 중 단 2필지만 매각되었고, 임대는
전체 52필지 중 단 1필지도 임대되지 않았다.
　분양용지의 경우 경기침체에 따른 전반적인 수요부족과 높은 도
시기반시설 비용이 포함되어 조성원가가 결정됨에 따라 가격경쟁
력이 떨어지고 임대산업용지의 경우도 고가의 임대료에 대한 부
담으로 수요가 없는 실정이다.
　도시지원시설의 경우 장기적으로 매각되지 않거나 임대되지 않

을 경우 도시 활성화에 장애요인이 될 수 있으므로 시에서는 수요자 발굴에 적극적으로 나서야 한다.

임대용지의 경우 임대가 전무한 상태로 신도시 부분준공 후에는 매각용지로 전환한다든지 용도변경 등의 검토가 필요해 보였다.

또 그 무렵 신도시 문화예술센터 인근 부지에 들어서는 특수학교는 장애아동을 둔 부모들의 숙원사업이었다. 당초 부지선정에 있어 어려움을 겪다 문화예술센터 옆 부지에 선정되었고, 부모들은 좋은 부지가 선정되었다며 한시름을 놓았었다.

그러나 설계를 마친 시점에서 특수학교의 특성이 제대로 반영되지 않아 실망감을 감추지 못하고 있었다. 특수학교는 아이들이 안정감을 느끼면서 일상생활훈련, 직업재활훈련, 치료가 이루어져야 하나 설계상의 학교는 치유와 성장과 훈련을 담아내기에는 여러 가지로 부족해 보였다. 이 때문에 장애인을 둔 부모들은 많은 걱정과 우려를 하고 있었다.

설계에 있어 자문협의회의 자문을 듣겠다던 도교육청은 복잡한 설계도면을 그 자리에서 보여주고 일방적으로 하나의 안을 채택했다고 한다. 자문협의회의 자문은 요식행위에 불과했던 것이다.

이후 장애아이를 두고 있는 부모들은 특수학교에 필요한 여러 가지 시설물에 대한 제안을 하고 있으나 도교육청에서는 예산상의 문제로 구조변경은 불가능하다는 입장을 고수하고 있는 실정이었다. 총 390억 원 예산 중 234억 원을 부지매입비로 사용하고, 건축비는 165억 원밖에 없다는 것인데 이 정도의 금액은 일반학교 건축비 정도여서 부모들은 우려를 나타내고 있었다.

전문공연장으로 건설 중인 김포아트홀의 경우도 문화예술인들이 음향설계와 무대, 객석 위치 설계 등에 대해 문제 제기를 하였고, 지난 6월 완공된 현충탑의 경우도 탑의 위치를 두고 보훈단체회원들이 문제를 제기했으나 지어지고 있고, 이미 지어졌기 때문에 더이상 손쓸 수 없는 상황이었다.

설계단계에 있는 특수학교도 이런 상황에 직면하지 않도록 수요자의 입장에서 설계되고 지어질 수 있도록 행정기관에서 관심을 가져야 할 것이다. 특수학교의 경우 도교육청의 소관 사항으로 완공되고 나면 그대로 쓸 수밖에 없는 상황이 될 것이기 때문이다.

특수학교는 분명 일반학교와는 달라야 한다. 학부모들은 특수학교에 많은 시설을 원하는 것이 아니다. 학교 부지를 최대한 활용해 생태학습장, 온실, 동물사육장 등 아이들이 참여하면서 자연을 경험할 수 있는 공간과 일반학교나 공공건물의 느낌이 아닌 자연친화적인 학교를 통해 집처럼 편안함을 느낄 수 있는 공간을 원한다.

특수학교는 일반학교보다 더 배려되어 지어져야 할 건물이다. 우리 소관 사업이 아니라는 이유로 지어질 때까지 손 놓고 기다릴 것이 아니라 우리 장애아이들이 다닐 학교이기 때문에 더 신경 써서 관심을 가지고 지켜봐야 할 대상인 것이다. 장애아 부모들에게만 맡겨 놓을 것이 아니라 행정기관 간에 더 긴밀한 협조로 멋진 꿈의 학교가 만들어질 수 있도록 집행기관의 세심한 배려와 관심이 필요하다.

사회적 약자를 위한 정책을 추진하려 노력함

한강신도시를 그저 그런 도시로 만들 것인가, 수도권 명품도시로 만들 것인가는 우리의 노력 여하에 달려 있다고 생각하였다. LH나 도교육청에서 해주는 대로 받는 것이 아니라 적극적인 의사 개진을 통하여 우리가 원하는 방향으로 한강신도시를 만들어 갈 때 명품도시가 될 것이다.

부실시공 없는
공공건물 건립에 만전을

시의회에 입성한 지 4년 차. 그동안 나는 초심을 잃지 않고 시의회 의원으로서 책임을 다하기 위해 조금이라도 더 발로 뛰려고 노력하였고, 생각만이 아닌 행동으로 옮기기 위해 김포의 곳곳을 돌며 현장점검에 주력했다. 내가 현장점검을 중요하게 생각하는 것은 미처 몰랐던 여러 가지 문제점들을 현장을 방문함으로써 깨닫게 되기 때문이다.

2013년 4월 1일 김포는 시 승격 15주년을 맞았다. 시 승격 이후 김포는 급변하는 도시화 속에서 인구 30만에 육박하는 서부수도권 중심도시가 되어가고 있다. 그러나 인구는 급속하게 늘어나는 반면 도시기반시설과 수준은 이를 따라가지 못하고 있는 것이 현실이다.

그 한 예가 공설봉안당(무지개 뜨는 언덕)이었다. 봉안당은 시에서 관내 안치 시설의 확충과 올바른 장례문화의 선진화를 위해 김포한강로에 건립될 예정인 장사시설이다.

그런데 예산심의 과정에서 준공단계의 봉안당 예산 중 대형 제습기 구입비가 상당히 올라와 있는 것을 보고, 개관도 하지 않은 봉안당에 제습기를 이렇게 많이 구입한다고? 의아하게 생각해서 이유를 물었다. 대답은 결빙과 누수로 제습기가 필요하다는 것. 유골을 보관해야 할 납골당에 습기라니? 그 어디보다 습기를 차단해야 할 납골당에 습기가 많다고 하는 것을 의아하게 생각하고, 의원님들과 함께 현장에 가서 점검하게 된 것이다.

아니나 다를까, 벽면을 타고 들어오는 빗물과 결로 등으로 바닥과 벽면이 온통 젖어 있는 등 상태가 말이 아니었고 여러 군데 부실시공과 하자가 눈에 띄었다. 봉안당의 설계는 공모에 의해 당선된 것으로, 건물 외관에 치중하다 보니 봉안당의 특성을 고려하지 않은 채 건물이 지어져 무려 20여 곳에서 하자가 발생한 것이다.

부실공사의 실태를 보면 봉안시설의 특성상 가장 중요한 습기 조절 작용을 하는 공조시설이 설계에 빠져 있었고, 건물 옥상에 잔디를 식재하는 시공은 배수가 제대로 되지 않아 잔디가 고사되고 건물 내부로 물이 스며드는 하자로 이어졌다. 전문가들의 지적에 따르면 습기에 민감한 봉안당 건물옥상에 잔디를 식재하는 설계는 적합하지 않다고 한다.

봉안실 벽면 대리석 하부에 물기를 머금고 있는 흔적은 바닥에 습기가 차 있다는 것을 증명하는 것이고 외부 벽체의 균열, 사무실, 화장실, 복도 등 건물 곳곳의 누수가 있던 곳은 현재 발포우레

탄으로 임시 방수를 해 놓은 상태지만 발포우레탄의 경우 영구 방수는 아니어서 1~2년을 주기로 방수작업을 해야 하는 실정이다.

이뿐만 아니라 외부 옥상 홈통에서 내려오는 물은 봉안당 뒤뜰 바닥에 그대로 떨어지도록 시공되어 있고, 외부 벽체 미송합판 마감재는 눈과 비에 그대로 노출돼 벌써 들뜨거나 부식되어 있었다.

시공사에서는 설계대로 시공했다고는 하지만 현장에 가서 보면 봉안당에 적합한 설계와 시공은 아니라는 것이 비전문가인 의원들이 봤을 때도 한눈에 알 수 있을 정도였다.

봉안당과 같은 시설물은 습기가 철저히 차단되어야 하는데 현재 공설봉안당은 그렇지 못한 상태였다. 건물의 상태가 이런데도 관련 부서에서는 왜 사용승인을 내주었는지 의문이 아닐 수 없다. 내가 살 집이면 이렇게 하자 많은 건물에 돈을 지불하겠는가? 내가 살 집이면 이런 하자를 보고도 사용승인을 내주겠는가?

물론 관련부서와 시공업체가 머리를 맞대고 하자를 해결하기 위해 고심하고 있는 것은 잘 알고 있다. 그러나 이미 때는 늦었다. 건물은 이미 지어졌고, 사용승인까지 난 마당에 하자를 얼마나 보수할 수 있겠는가? 그리고 또 그 보수는 제대로 됐는지 믿을 수 있을까? 현재로서는 개장하기 전 하자발생 원인을 찾아 최대한 보수를 하는 것밖에는 길이 없다. 개장 후 건물 하자로 인한 민원 발생은 없어야 하기 때문이다.

이러한 문제점들을 인지하고 나는 2013년 4월 제138회 임시회에서 봉안당의 특성을 살리지 못하고 설계되어 여러 군데 부실시공과 하자가 발생됨을 지적함과 동시에 설계도서, 시방서 등을 참고로 제대로 된 공사였는지 따져서 묻고, 공공건물에 대해서는 설계도서 검수부터 공사 단계별로 시민감시단을 활용해 부실시공이 근절될 수 있도록 주문하였다.

이후 발견된 하자들을 모두 보수하고, 부족한 시설을 추가로 설치하여 빗물과 습기를 차단해 뽀송한 봉안당이 되도록 조치하는 결과로 이어져 무척 뿌듯하였다.

비단 봉안당만의 이야기가 아니다. 설계 공모를 통해 지어진 공공건물의 경우 외관에 치중하다 보니 건물의 실용성과 효율성이 떨어지는 경우가 발생하곤 한다.

이미 지어진 장기동사무소 또한 개청 후 건물 구조에 있어 실용성이 떨어진다는 지적이 있었다. 한옥으로 지을 예정인 운양동사무소 또한 설계공모를 통해 선정된 것으로 건물의 외관도 중요하지만 실용성을 높일 수 있도록 시공 전에 설계도서의 충분한 검수가 필요할 것이다. 또한 현재 건설 중인 아트홀의 경우 철저한 사용승인 검수를 통해 하자는 사전에 잡아야 할 것이며 LH에서 지어 우리 시로 기부채납 하는 시설물 역시 꼼꼼히 따져 인수받아야 할 것이다. 이외에도 북부노인복지관, 신도시 내 들어서는 많은 공공건물에 이 같은 하자는 더 이상 없어야 할 것이다.

또한 하자보수로 인한 행정력 낭비와 예산 낭비는 더 이상 없어야겠다. 신도시에 걸맞은 멋진 외관을 가진 공공건물도 중요하지만, 그 건물이 용도에 맞게 실용적인 구조와 효율성으로 주민들이 불편함 없이 사용할 수 있도록 하는 것이 무엇보다 중요하다고 생각한다.

그리고 앞으로 지어지는 모든 공공건물의 경우 설계도서의 충분한 검수, 시공에 대한 철저한 감리, 사용승인 전 치밀한 검사를 통해 공공건물에서 조금의 하자도 발생하지 않도록 만전을 기해야할 것이다.

인구 30만에 육박하는 서부수도권 중심도시 김포!

말로만 외칠 것이 아니라 중심도시에 걸맞은 공공건물을 제대로 갖춘 도시를 만들기 위해서 우리 모두 철저한 주인의식을 가져야겠다.

봉안당 점검

김포시 청소년근로자
인권보호 조례를 제정하다

　내가 초선 의원으로 시작한 김포시의회 5대 의정활동 중 가장 보람을 느낀 일 중 하나를 꼽으라면 전국 최초로 「김포시 청소년근로자 인권보호 조례」를 제정한 것을 들 수 있다. 이 무렵만 해도 청소년근로자 인권조례는 어디에도 없었다.

　현실적으로 아르바이트를 하는 청소년, 현장실습을 해야 하는 특성화 고등학생 등 많은 청소년근로자들이 노동현장에서 자신들의 인권을 보호받지 못하고 있다. 이러한 청소년근로자의 인권보호를 위해 조례를 제정한 것이다.

　이 문제에 대해 관심을 갖게 된 것은 녹색김포실천연합회 위원활동 덕분이었다. 이곳에서 청소년들의 행복지수와 관련된 설문조사를 했었는데, 그중 아르바이트를 하는 청소년들이 너무 많은 인권침해를 받고 있다는 내용이 있었다. 이 때문에 녹색김포실천연합회 위원으로 활동 중이셨던 선생님들이 우리 김포시에서도 일하는 청소년의 인권을 보호해 줄 수 있는 조례를 만들어줬으면 좋겠다는 제안을 해오셨다. 나 역시 청소년근로자를 위해 꼭 필요한 것이라고 생각하여 발 벗고 나서게 되었다.

나는 이 설문조사를 통해서 정말 많은 청소년들이 아르바이트를 하고 있다는 것을 알았다. 그중에는 진짜 돈이 없어서 아르바이트를 하는 아이들도 있었고, 브랜드 옷이나 신발을 사기 위해 아르바이트를 하는 아이들도 있었다. 또 개중에는 제대로 임금을 못 받고 그만둔 사례들도 있었다.

사실 따지고 보면 이는 노동법에 다 포함되어 있는 것이다. 예를 들면 근로계약서를 작성해야 한다든지 노동에 대한 근로시간도 정해져 있지만, 현실적으로는 잘 지키지 않는 사업주들이 많았다. 청소년들 또한 학교 수업만으로도 벅차서 노동법에 대해서는 잘 모를 수밖에 없었다.

그래서 인권강사를 양성하여 학교에 직접 가서 아이들에게 인권교육을 시키는 조례를 만들게 된 것이다. 김포시의 특성화 고등학교의 경우 대학보다 취업을 우선하기 때문에 특성화 고등학교의 반응이 무척 좋았다. 조례와 관련된 내용을 학부모 인권강사를 통해 아이들에게 직접 알려줄 수도 있고, 그를 통해 아이들도 '아, 이런 게 있었어요.' 하면서 호응해 주었다. 자신들을 위한 조례가 있었는데 그걸 몰랐던 것이다.

청소년근로자의 인권보호 조
례는 노동인권센터 운영을
통해 청소년근로자의 인권
상담 및 교육, 청소년근로
자를 고용한 사용자의 교육,
청소년 인권교육 강사단 육성
사업 등의 내용을 담고 있다.

또 교육지원청 등과 연계해
학교 내외에 안심알바센터를 운영

청소년노동인권 아웃리치

하도록 하고, 청소년 노동인권을 존중하는 사업장에는 우대와 지
원을, 그렇지 못한 사업장에 대해서는 우대와 지원대상에서 제외
하도록 했다.

문제는 조례는 제정이 됐지만 노동인권센터 운영과 노동인권 교
육이 제대로 이루어지느냐일 것이다. 조례를 통해서나마 청소년
들에게 노동 혹은 인권에 대해 알려줄 수 있는 계기가 되어서 무
척 뿌듯하다. 이를 계기로 교육이 제대로 이루어져 청소년들이 노
동현장에서 자신의 권리를 찾고 인권을 존중받는 사회가 되기를
희망해 본다.

〈김포시 청소년근로자 인권보호 조례〉

(*이후 청소년노동자 조례로 개정)

제1조(목적)

이 조례는 「대한민국 헌법」및「근로기준법」등 관계법령에 근거하여 김포시 (이하 "시"라 한다) 청소년근로자가 사용자로부터 부당한 대우를 당했을 때 청소년근로자의 노동과 관련된 권리와 인권이 실현될 수 있도록 하는 것을 목적으로 한다.

제2조(용어의 정의)

이 조례에서 사용하는 용어의 정의는 다음 각 호와 같다.

1. "청소년근로자"(이하 "청소년"이라 한다)란 고등학생을 포함한 근로기준 법상 만 18세 미만의 근로자를 말한다.

2. "근로"란 정신노동과 육체노동을 말한다.

3. "사용자"란 사업주 또는 사업 경영 담당자 기타 근로자에 관한 사항에 대하여 사업주를 위하여 행위하는 사람을 말한다.

4. "근로계약"이란 근로자가 사용자에게 근로를 제공하고 사용자는 이에 대하여 임금을 지급함을 목적으로 체결된 계약을 말한다.

5. "임금"이란 사용자가 근로의 대상으로 근로자에게 임금, 봉급 기타 어떠 한 명칭으로든지 지급하는 일체의 금품을 말한다.

제3조(시장의 책무)

① 시장은 청소년이 적절한 노동환경에서 노동할 수 있도록 노력할 책무가 있다.

② 시장은 청소년의 노동인권을 존중하는 사업장을 우대 및 지원할 수 있으며, 청소년의 노동권이나 기타의 권리를 침해하는 사업장에게는 각종 우대 및 지원 대상에서 제외하여야 한다.

③ 시장은 노동을 하는 과정에서 다치거나 인권을 침해당한 청소년을 법률적으로 지원하기 위해 노력하여야 한다.

④ 시장은 시 소속기관, 노동관련 행정관청과 협력하여 청소년의 노동에 관한 상담, 구제활동에 대한 지원·협력체계를 구축하여야 한다.

⑤ 시장은 김포교육지원청과 협력하여 청소년 및 사용자에 대해 청소년노동인권에 관한 교육이 실시될 수 있도록 하고, 특히 노동을 하거나 특성화고교에 재학하는 청소년에게는 필수적·우선적으로 실시하여야 한다.

⑥ 시장은 지방고용노동청장, 김포교육장과 협력하여 학교 내외에 안심알바센터를 운영할 수 있도록 노력하여야 한다.

⑦ 시장은 청소년의 일자리 창출 및 근로환경개선 등에 행·재정적 지원을 할 수 있다.

제4조(청소년근로자의 권리)

① 청소년은 헌법과 법률이 보장하는 노동에 관한 권리를 갖는다.

② 청소년은 정당한 처우와 적절한 임금, 산업재해로부터 보호를 받을 권리가 있다.

③ 청소년은 언제든지 사업자에게 근로포기를 통보할 수 있는 권리가 있다.

④ 사용자가 청소년을 해고할 경우에는 30일 전에 예고하여야 하며, 청소년은 정당한 이유 없이 해고당하지 않을 권리가 있다.

제5조(청소년근로자의 보호)

① 사용자는 청소년이 교육받을 권리를 침해하거나, 청소년의 건강, 안전

등을 해칠 우려가 있는 업무를 맡겨서는 안 된다.

② 사용자는 청소년에게 관계 법령에서 금지하고 있는 업종이나 노동형태로 일하게 해서는 안 된다.

③ 사용자는 청소년을 인격적으로 대우하여야 하며, 신체적·정신적·언어적 폭력을 행사해서는 안 된다.

제6조(최저연령과 취직인허증)

① 사용자는 근로기준법상 만15세 미만인 자를 원칙적으로 근로자로 사용할 수 없다. 단, 예외적인 경우(고용노동부로부터 취직인허증을 발급받은 경우)에 한하여 만13세 이상 만15세 미만인 자를 사용할 수 있다.

② 청소년을 고용하는 사용자는 근로기준법 제64조에 따라 청소년의 연령을 증명할 수 있는 가족관계기록사항에 관한 증명서와 친권자 또는 후견인의 동의서를 제3자도 볼 수 있도록 비치해야 한다.

제7조(근로계약서)

① 사용자는 청소년과 다음 각 호의 내용을 포함한 근로계약서를 청소년이 이해할 수 있는 언어로 서면으로 작성·교부하고 그 내용을 설명해야 한다.

1. 사용자와 청소년이 협의한 임금, 근로시간, 취업 장소, 종사할 업무 등
2. 임금의 구성 항목, 계산 방법 및 지불 방법

② 근로계약서는 사용자와 청소년이 직접 체결해야 한다. 또한, 근로계약 내용이 청소년에게 불리 할 경우 청소년 본인, 부모, 후견인, 고용노동부장관은 그 계약을 무효로 할 수 있는 권한이 있으며, 무효가 되더라도 사용자는 이미 노동한 것에 대한 대가를 지불해야 한다.

③ 근로계약서 작성 시 근로기간을 특별히 정하지 않은 경우 청소년이 스스로 그만두거나 정당한 해고 사유가 없는 한 근로관계가 계속 이어지는 것으로 본다.

제8조(연장근무와 야간·휴일근무의 제한)

① 사용자는 청소년에게 근로기준법이 정하는 근로시간을 초과하여 근로
시킬 수 없다. 다만, 당사자 간의 합의에 따라 1일 1시간, 일주일에 6시
간을 한도로 연장할 수 있다.

② 사용자는 청소년에게 오후 10시부터 오전 6시까지의 시간 및 휴일에
근로시키지 못한다. 다만, 청소년의 동의가 있는 경우로서 고용노동부
장관의 인가를 받으면 그러하지 아니하다.

제9조(청소년근로자의 노동 거부)

청소년은 다음 각 호의 어느 하나에 해당하는 경우 노동을 거부할 수 있다.

1. 사용자가 근로계약과 다른 일 혹은 다른 장소에서 노동을 시켰을 경우

2. 근로계약과 다른 일을 하다 손해를 입었을 경우

제10조(임금의 지급)

① 사용자는 청소년에게 직접 임금을 지불하여야 하며, 법정대리인과 친권
자 등은 청소년근로자를 대리하여 수령할 수 없다.

② 임금은 최저임금액(최저임금법에서 정한 임금)이상으로 하며, 시간(時
間)·일(日)·주(週) 또는 월(月)을 단위로 하여 정한다. 이 경우 일·주 또
는 월을 단위로 하여 최저임금액을 정할 때에는 시간급(時間給)으로도
표시하여야 한다. 단, 최저임금액을 정하는 것이 적당하지 아니하다고
인정되면 대통령령으로 정하는 바에 따라 최저임금액을 따로 정할 수
있다.

제11조(노동인권사업)

시장은 청소년에게 노동기본권과 노동인권에 대한 교육과 청소년 스스로
노동기본권침해에 대응할 수 있는 다음 각 호의 사업을 추진해야 한다.

1. 청소년노동인권센터 운영

2. 청소년노동인권상담원 및 청소년노동인권교육 강사단 양성

3. 청소년대상 노동인권 상담 및 교육

4. 청소년을 고용한 사업주에 대한 노동인권교육 등

5. 청소년 노동인권에 대한 캠페인

6. 그 밖에 시장이 필요하다고 인정하는 사업

제12조(사업의 위탁)

① 시장은 제11조에 따른 청소년노동인권센터의 운영 및 기타 상담교육 등에 관한 사업을 비영리 법인·단체 등에 위탁할 수 있다.

② 제1항에 따라 비영리 법인·단체 등에 위탁할 경우에는 「김포시 사무의 민간위탁 촉진 및 관리조례」에 따른다.

제13조(보조금의 지원)

① 시장은 제11조의 사업을 시행하기 위하여 예산의 범위에서 보조금을 지원할 수 있다.

② 제1항의 보조금 지원에 관한 사항은 「김포시 보조금 관리조례」에 따른다.

제14조(시행규칙)

이 조례의 시행에 필요한 사항은 규칙으로 정한다.

부칙

이 조례는 공포한 날로부터 시행한다.

소통을 통한 예산편성과
여성친화도시에 대하여

초선의원으로 시의회에 입성한 지가 엊그제 같은데 어느덧 3년 6개월이라는 시간이 흘러 민선 5기 마지막 정례회를 치렀다. 그동안 의회에서 있었던 수많은 일이 주마등처럼 스쳐 지나가면서 만감이 교차하는 순간이었다.

민선 5기 마지막 본예산 심의

2013년 12월 민선 5기 들어 네 번째 맞는 본예산 심의에서는 다른 예산심의와 다르게 "예산이 왜 줄었나?"를 가장 많이 질문한 것 같다. 2014년 김포시 전체 예산은 전년 대비 38.37%가 증가했다. 그러나 도비내시에 따른 시비가 전년 대비 117억 원 증가하고, 경상비 항목도 11.58%가 증가했다. 도시철도사업비 200억 원을 특별회계로 전출하면서 예년에 비해 상대적으로 가용예산이 부족해 예산편성 시부터 많은 어려움이 따랐던 것이다.

이에 예산부서에서는 부족한 예산을 효율적으로 편성하기 위해 고심에 고심을 거듭하여 고통분담 차원에서 각 부서의 업무추진비를 일괄 5%씩 감액하고, 급양비·여비 등 기본경비에 있어서도 7%를 줄였다.

그러나 2013년도 본예산 편성에 있어 기간제근로자에 대한 인건비 축소나 시와 교육청에서 김포교육 발전을 위해 세운 교육발전5개년계획에 따라 지속적으로 지원해야 하는 교육프로그램에 대한 예산 미편성은 가장 아쉬운 부분으로 남았다. 또한 예산부서와 사업부서의 소통의 부재로 효율적인 예산편성이 제대로 이루어지지 않았다는 점도 아쉬웠다. 2014년도 각 부서의 행사 및 사업, 민간이전사업을 살펴보면 예년에 비해 예산이 많이 줄어 사업이 제대로 추진될 수 있을지 우려될 정도였다.

물론 기존에 지속적으로 해오던 여러 가지 사업의 경우 불필요하고 과했다면 줄이거나 폐지하는 것은 당연하다고 생각한다. 그러나 이번 예산편성의 경우 통으로 사업비를 줄이다 보니 존폐위기에 놓인 사업이 있다는 것이다. 예산에 맞추려면 사업의 규모를 줄여야 하나 규모를 줄일 경우 안 하니만 못 한 사업이 된다는 것이다.

이 대목에서 가장 아쉬운 것은 부서 간의 소통이 제대로 이루어지지 않았다는 점이다. 예산부서와 사업부서가 꼭 해야 할 사업과 축소하거나 미뤄도 되는 사업에 대해 사전 정지작업을 거쳐 예산을 편성했어야 했으나, 예산부서에서 사업비를 삭감하다 보니 각 부서에서 사업이 제대로 이루어질 수 없다는 우려 섞인 걱정뿐이었다.

각종 사업예산이 줄어들면서 운영비와 인건비만 들이고 제대로 된 사업은 못 하게 되는 경우가 생길까 심히 걱정되었다.

본예산 편성에 있어서 일괄 삭감, 일괄 책정도 문제였다. 읍·면·동 주민자치센터 강사료의 경우 일괄 1,300만 원씩 줄이다 보니 어떤 곳은 강사를 2명에서 1명으로 줄이면 가능하다 하고, 어떤 곳은 프로그램을 폐강해야 한다며 우려를 나타냈다. 각 주민자치센터의 현실에 맞게 강사료를 책정했어야 했으나 일괄 일정 금액을 삭감하다 보니 이러한 문제가 생긴 것이다.

읍·면·동 경로당 및 마을회관 개·보수의 경우도 일괄 2,000만 원씩 책정하다 보니 신도시 아파트로 구성된 구래동의 경우 새로 지은 아파트 단지 내 경로당뿐이어서 개·보수비가 필요치 않으나 일괄 책정으로 2,000만 원씩 배정받게 되었다.

중봉도서관과 양곡도서관의 경우 해마다 해오던 독서퀴즈왕, 독서감상문, 인문학강좌 등 독서문화진흥비 6,000만 원도 전액 삭감되다 보니 도서관에서의 문화사업은 하나도 할 수 없게 되었고, 책만 대여해 주는 지경에 이르렀다.

본예산 심의 과정에서 많은 부서장들께서 사업의 필요성을 어필하면서 추경에 꼭 예산을 요구해 사업을 추진하겠다 말씀하셨다. 과연 내년도 김포시 추경예산은 얼마가 있어야 할까? 지금부터라도 각 부서에서는 내년도 사업내용에 대한 점검을 통해 사업의 우선순위와 축소, 폐지, 통합할 사업들을 정리해 예산부서와 협의해 꼭 필요한 예산만을 추경에 편성해 주어야 할 것이다.

김포시는 앞으로 경상경비가 더 늘어날 것이고, 도시철도사업이 본격적으로 시작되면 쏟아부어야 할 예산이 더 많아지기 때문에 가용예산은 점점 줄어들 것이다. 적은 예산일수록 알차게 쓰려면 계획을 잘 세워야 한다.

이것은 예산부서의 노력만으로는 안 된다. 각 부서장들의 협조가 있어야 하고, 부서 간에는 늘 소통하는 모습이 필요하다. 적은 예산일수록 허투루 쓰이지 않도록 집행기관 모두가 내 주머니에서 나가는 돈이라는 생각으로 꼭 필요한 곳에 예산을 편성해 주기 바란다.

또 한 가지 여성친화도시 모델로 지정된 한강신도시에 대해 언급하고 싶다.

여성친화도시는 세계 각 도시에서 시행하고 있는 선진국형 도시 모델로 주거공간, 공공시설, 교통체계 등 도시의 모든 면이 여성의 입장, 즉 사회적 약자에게 불평등이 없는 도시구조로 사람 중심의 도시를 말한다.

김포한강신도시는 2006년 여성가족부 성별영향분석평가에서 여성친화도시 모델로 선정된 바 있다. 당시에 따르면 모든 공공시설에 여성전용주차장 설치, 여성이 하이힐을 신고 걸어도 발에 무리가 가지 않는 우레탄 등의 포장재로 보도설치, 공공화장실 페어런트룸 설치, 안전한 퇴근길 네트워크 구성, 범죄예방 환경 설계, 유비쿼터스도시, 사각지대 CCTV·가로등·보안등 설치, 성폭력 예방 심야버스 운행 등 범죄예방 분석, 여성고용 기업유치, 여성과 노약자가 편안하게 이용할 수 있는 도시교통이 구축된 도시로 계획되어 있었다.

7년이 지난 현재 완공단계에 있는 김포한강신도시는 과연 여성친화도시로 건설되고 있을까? 한강신도시에 나가 직접 모니터링을 해본 결과 실상은 전혀 그렇지 않았다.

우선 한강신도시의 성별영향분석평가 반영 여부를 교통, 공원 등 10개 부문 56개 평가지표 중 반영예정이 17개, 미반영된 것이 13개, 반영된 것은 26개로 보고되고 있으나 실제 모니터링 결과 횡단보도와 연결되는 보도의 턱은 여전히 높았고, 자전거 전용도로라고는 하지만 자전거만 다닐 수 없는 구조 등 반영은 형식에 지나지 않는 경우가 많았다.

김포한강신도시의 공공시설에 여성전용주차장, 여성이 하이힐을 신고 무리 없이 걸을 수 있는 우레탄 소재의 보행로는 한 곳도 없었다. 또 보행로에 설치되어야 하는 시각장애인 점자블록은 자전거도로에 설치되어 있었고, 일부 구간은 점자블록 위에 컨테이너 박스가 설치되어 있는 곳도 있었다.

공원 내의 화장실은 수유실 및 기저귀갈이대가 설치되어 있지 않았고, 일부 공공화장실은 변기가 설치된 위치에 밖에서도 보일 수 있는 눈높이에 창문이 설치된 곳도 있었다.

신도시의 전체적인 색감도 녹지가 많이 형성되지 않아 회색빛 도시 분위기이며, 밤거리나 버스정류장의 경우도 가로등과 보안등이 밝지 않아 도시 전체가 대체로 어둡고 여성들이 걸어 다니기에는 무섭다는 느낌이 들었다. 또 신도시 여성의 직업교육과 평생교육기관의 배치, 여성고용기업 유치 등의 계획도 전혀 반영되어 있지 않고 있다.

앞으로 신도시 내 지어질 장기도서관, 아트빌리지, 통합사회관복지관, 리모델링될 에코센터 등 공공건물은 좀 달라졌으면 하는 바람이다.

경기도는 2013년 11월 경기도의 공공공간을 비롯한 경기도민이 생활하는 환경 전반에 유니버설 디자인을 도입하여 모두가 차별 없이 이용할 수 있는 환경을 조성하기 위한 유니버설 디자인 기본조례를 제정하였다.

김포시는 아직 조례가 제정되지는 않았지만 신도시 내에 지어지는 공공건물은 사용자 모두를 배려하는 디자인을 적용하여 지어질 수 있기를 바란다.

여성친화도시는 도시 외형만 편리함을 주는 것이 아니라 정책에 있어서도 변화가 필요하다. 신도시 내 버스증차 시 저상버스를 더 많이 도입하고, 약자들의 안전을 위해 정류장 승·하차를 탄력적으로 운영하는 것도 방법이다.

야간버스 승·하차의 경우 일찍이 캐나다의 토론토와 몬트리올에서는 일몰 후, 그리고 2012년 안산시에서는 밤 10시 이후 버스 정류장 사이 간격이 넓고 인적이 드문 지역에 승객이 원하는 곳이면 지정 정류장 외에서도 하차할 수 있도록 서비스를 시행하고 있으나 김포시는 아직 시도하지 못하고 있다.

한강신도시가 마무리 단계에 이르면서 LH로부터 공공시설물을 인수받아야 하는 김포시는 2013년 초부터 11개 분야에 13개 과로 구성된 공공시설물 인수팀을 운영하고 있으나 팀원의 구성에 있어서도 환경직 2명을 제외한 거의 모든 분야가 남성들로 구성되어 있다.

여성친화적 도시에 맞게 여성과 약자의 입장에서 제대로 점검하고 인수받을 수 있을지 의문이다. 여성친화도시는 여성만 살기 좋은 도시가 아니다. 여성과 아동, 노인, 장애인 등 모두가 살기 좋은 도시라고 생각한다.

꼭 여성친화도시라서가 아니라 모두가 살기 좋은 도시를 위해 김포시는 도시 외관을 갖추는 데 좀 더 약자에 대한 세심한 배려를 해야 하고, 약자를 위한 정책 또한 적극적으로 펼쳐 나가야 할 것이다.

지역에 대한 애정이
무한한 책임감으로

4년이란 시간이 그야말로 바람처럼 흘렀다.

나는 2010년 6월 지방선거에서 민주당 비례대표로 출마해 당선되면서 정치에 입문하였다. 당시 김포는 보수성향이 강한 지역이어서 민주당 비례대표로 당선되기가 쉽지 않은 구도였으나 보수성향이 강한 5개 읍·면 중 통진 출신에, 30대 후반의 비교적 젊은 여성으로 5개 읍·면과 신도시를 아우르는 인물로 당선이 가능했던 것으로 생각한다.

이후 4년간의 의정생활을 통해 서민중심, 사람 중심 행정실현을 위해 발로 뛰었고 노인과 여성, 청소년과 장애인의 복지와 권익향상을 위해 노력해 왔다. 그 결과 2013년 행정사무 감사 최우수 의원으로 선정되었고, 전국 최초로 청소년근로자 인권보호 조례도 제정하는 성과를 얻었다.

지난 4년을 되돌아보며 의정보고서를 만들다 보니 참 많은 생각이 든다. 한편으론 '더 잘할걸!' 하는 아쉬움도 있고, 또 한편으론 전국 최초 청소년근로자 인권보호 조례 제정, 임산부 전용주차장 설치운영 조례 제정, 장애인 인권보장 및 차별금지 조례 제정, 학교급식 지원 조례 제정, 노인복지 증진 기본조례·성평등 기본조례·복지위원 운영 조례 공동 발의 등등 작은 것이지만 내가 한 5분자유발언이나 의정활동으로 인해 시정이 변화하는 모습을 봤을 때 무척 보람을 느꼈다.

그리고 무엇보다 지난 4년간 초선의원인 나를 늘 격려해 주시고 응원해 주신 시민 여러분께 감사를 드린다. 고맙습니다!

5대 의정보고서1

5대 의정보고서2

추운 겨울을 이겨낸 봄꽃처럼

5대 임기가 끝나갈수록 내가 정말 4년 동안 시의원으로의 책임과 의무를 다했는가? 하는 생각에 고민이 많아졌다. 우선 앞으로도 계속 이 일을 할 것인가 말 것인가를 선택해야 했다. 이것저것 생각은 많은데 어느 쪽으로든 쉽게 결정할 수 없었다.

그 무렵 여성 지인 한 분이 이런 말씀을 해주셨다.

"4년 전 신 의원이 비례대표로서 활동할 수 있는 기회를 주고 일을 하게끔 하고 경험을 쌓게 해줬으면 그 경험을 토대로 그다음 4년은 또 도전해서 더 열심히 시민들을 위해 일해야 하지 않겠는가? 그런데 그 도전조차 하지 않는다는 것은 오히려 기회를 준 시민들에 대한 배반이나 다를 바 없으니, 한 번 더 도전하는 것이 바람직하지 않겠는가? 그 결과 다시 되고 안 되는 문제는 시민들께서 결정할 것이다."

지인의 진심 어린 조언이었다. 한마디 한마디가 무척 가슴에 와 닿았고, 그 덕분에 결단을 내릴 수 있었다.

그렇다. 지난 4년 나를 믿고 나를 지지해 준 분들께 보답하는 길은 한 번 더 도전하여 지금 내가 하고 있는 일, 내가 할 수 있는 일, 그리고 내가 해야 할 일에 최선을 다하는 생활정치인이 되는 것이리라. 그렇게 늘 주민 곁에서 주민의 행복을 만들어가는 시의원이 되어 변함없는 열정으로 주민 여러분과 함께하는 것이리라.

이후 나는 4년간의 의정활동을 경험으로 '더 멋진 김포한강신도시'를 만드는 데 이바지하기 위해 김포2동, 구래동 지역에서의 출마를 결심하였다.

2010년 지역에 대한 작은 애정으로 처음 의정생활을 시작했지만 이제는 그 애정이 무한한 책임감으로 다가와 다시 한번 시의원에 도전하게 된 것이다. 4년 동안 열심히 한다고는 했는데 아쉬움이 많이 남고 못다 한 일이 마음에 걸려 다시 출마를 결심하게 된 것이다.

나는 앞으로 신도시에 맞는 약자를 배려한 정책 제안, 주민 모두를 위한 생활환경 조성, 청소년이 행복한 도시를 만들기 위해 노력해 나갈 것이고, 김포한강신도시가 멋진 신도시가 될 수 있도록 주민 여러분과 더 깊이 공감하고, 더 크게 협력해 나갈 것이다.

지난 4년 그러했듯이 다음 4년도 변함없는 열정으로 발로 뛰며 시민들의 목소리를 제대로 듣고, 제대로 전달하고, 제대로 실천하면서 내 이름처럼 신명 나는 김포를 만들기 위해 최선을 다하리라 각오를 다졌다.

"민주주의에 대한 나의 개념은
가장 약한 자가 가장 강한 자와
똑같은 기회를 가질 수 있는 것이다."

– 마하트마 간디 –

3
Chapter

신명 나는 세상의 중심에는
사람이 있다

✱ 신명 나는 김포, 신명순이 함께합니다

✱ '용두사미'성 사업은 이제 그만

✱ 시민주도형 스마트타운 플랫폼을 활성화하려면

✱ 주민들의 안전을 먼저 생각하는 행정이 필요한 때

✱ 여성의 섬세함으로 김포시 살림 야무지게

✱ 김포한강신도시 수(水) 체계 걱정스런 물 공급

✱ 주민지원 사업에 민·관·정 힘을 모을 때

✱ 김포도시철도와 아트빌리지

✱ 김포한강신도시 내 학교문제 대안 찾아야

✱ 특색 있는 도서관 건립 추진을 바라며

신명 나는 김포,
신명순이 함께합니다

전쟁 같은 선거가 시작되었다. 김포시의회 5대 비례대표 시의원
이었기에 이번 선거가 나로서는 처음으로 치르는 선거다운 선거
였다. 나는 이번 지방선거에서 김포한강신도시를 기반으로 하는
김포시의원선거 다선거구에 시의원으로 출마하였다.

출마를 결정한 이상 '당선'이라는 확실한 목표가 세워졌다. "시
작이 반이고 시작은 곧 목표를 세우는 것에서 출발한다. 목표를
세우는 순간 내 몸 안의 아주 작은 모세혈관까지, 그리고 우주의
모든 기운이 내 목표를 향해 움직인다. 때문에 목표한 바는 이루
어질 수밖에 없다."라는 마음가짐으로 목표를 향해 뛰었다.

2014년 5월 17일, 많은 분들의 성원에 힘입어 선거사무실을 개
소하였다.

'신명 나는 김포 신명순이 함께합니다'라는 캐치프레이즈 아래
1) 학교도서관, 방과 후 돌봄교실 지원 확대 2) 야간 버스정류장

탄력 운행 3) 재능기부 은행제 추진 4) 주거지 및 학교 인근 유해
시설 입지 제한 규제 강화 5) 여성창업보육센터 설치 추진 등을
약속하였다. 이와 더불어 약자에게 안전하고 편리한 한강신도시,
주민들과 더 깊게 공감하고, 더 크게 협력해 더 멋진 한강신도시
를 만들어 갈 것을 약속하였다.

 이제 남은 것은 목표를 향하여 하루하루 열심히 뛰는 것뿐이었
다. 주민여러분을 한 분이라도 더 만나기 위하여, 그야말로 촌음
을 아껴가며 이곳저곳 발로 뛰어다녔다. 지금 생각해 보면 이때처
럼 하루를 초 단위로 쪼개서 쓴 적도 없는 것 같다. 그만큼 하루를
25시처럼 뛰었다.

2014 선거사무실 개소식

이 무렵과 관련하여 몇 가지 기억나는 일화들이 있다.

우선 장장 6시간에 걸친 현수막 자리 확보 전쟁.

조금이라도 시민들 눈에 잘 띄는 곳에 현수막을 설치하기 위하여 조카들과 친구들을 동원해 현수막 게첩 시작 6시간 전부터 자리를 잡게 하고, 목표하는 곳에 모든 현수막을 설치하고 나니 새벽 2시가 넘어 귀가할 수 있었다. 그리고 잠시 눈 붙이고 선거운동 첫날 5시 30분에 다시 거리로 향하였다.

막상 현수막을 걸고 나니 진짜 선거를 치르는 것 같았다. 채 어둠이 가시지 않은 새벽 거리를 걸으면서 모쪼록 이번 선거가 전쟁이 아닌 사람들에게 감동을 주는, 조용한 축제가 될 수 있도록 열심히 뛰어야겠다고 다짐하였다. 그것이 나를 지지하며 함께 뛰고 있는 분들에 대한 최소한의 예의이자 의무라고 믿었다.

또 한 가지는 청수성당 앞에서 선거운동을 했을 때다. 그날은 종일 비가 온 날이었다. 그렇다고 선거운동을 안 할 수는 없었다. '비가 와도 주일 미사는 열리니까' 하는 마음으로 성당 앞으로 갔다.

비를 맞으며 피켓을 든 우리가 안쓰러우셨는지 성당을 다니시는 분들이 날이 궂은데도 우비까지 입고 남편과 함께 선거운동하는 모습이 보기 좋다면서 따스하게 인사를 건네주셨다. 몇몇 분들은 손을 잡아 주시기도 하고 꼭 당선되라고 덕담을 해주시기도 했다.

그때 얼마나 힘이 났는지 모른다. 비를 맞는 것쯤은 아무렇지 않을 정도였다. 이때의 기억 덕분일까. 성당 분들의 따스함이 잊히지 않아 나는 선거 다음 해 천주교인이 되었다. 소중한 인연이다.

청수성당 앞에서 남편과 선거운동

선거운동을 할 때 또 잊지 못할 기억 중 하나는 '영원한 내 편'들에 관한 것이다. 남편과 친구들, 그리고 같이 뛰어준 선거운동원들.

어렸을 때부터 절친이었던 친구 한 명은 스웨덴에서부터 날아왔다. 며칠 동안 계속해서 옷도 파란색으로 갖춰 입고 현장에 가서 사람들에게 인사하며 선거를 도와주었다. 친구의 열정과 진심에 정말 많은 힘을 얻었다.

거리 곳곳에서 피켓을 들고 시민들에게 미소로 응대해 준 선거운동원들도 마찬가지였다. 이분들이 가슴 깊이 고마워서 sns에 '영원한 내 편 1, 2, 3'이란 제목으로 사진을 올렸던 기억이 지금도 난다.

추운 겨울을 이겨낸 봄꽃처럼

영원한 내 편 1   영원한 내 편 2

영원한 내 편 3

 사실 지난 4년 동안 의정활동을 하면서 홍보를 많이 하지 못하
다 보니 아직 나를 잘 모르시는 주민들도 많으셨다. 그래서 나를
알리기 위해 명함을 만들어 주민 한 분 한 분께 인사하며 전해 드

렸는데, 그때마다 지겨우실 텐데도 잘 받아주신 주민들께 고맙기도 한편으론 죄송스럽기도 하였다.

이런 마음이 들 때마다 나는 연초 의정보고서를 만들었던 때를 떠올렸다. 결정적으로 내가 출마를 결심하게 된 것은 아직 못다 한 일이 많다고 생각했기 때문이다. 물론 지난 4년 동안 2013년 행정사무 감사 최우수 의원 선정, 전국 최초 청소년근로자 인권보호조례 제정, 임산부, 여성, 노인, 장애인 등 약자를 배려한 조례 제정 등 열심히 한다고는 했는데 앞으로 내가 해야 할 일도 그만큼 많았다.

김포한강신도시를 여성친화도시로 완성하고 싶고, 아이들이 안전하고 행복하게 성장할 수 있게 만들어주고 싶고, 아이들이 책 많은 도서관에서 놀게 해주고 싶고, 숲 같은 공원도 만들고 싶고, 자연환경 훼손하지 않고 잘 보존될 수 있도록 하고 싶고, 걷고 싶고, 자전거 타고 싶은 거리도 만들고 싶고, 유해환경 없는 주거지도 만들고 싶었다.

이를 단순한 계획으로 그치지 않고 실천으로 옮기기 위해서는 오늘의 내 한 걸음 한 걸음이 중요하다. 그러니 게으름을 피울 수 없었다. 더 열심히 뛰어 주민 한 분이라도 더 만나서 나의 진심을 전해 드려야 했다.

처음 치르는 선거라 힘든 일도 많았지만 알게 모르게 응원하고 지지해 준 많은 분들이 있었기에 살벌한 선거전쟁 속에서도 포기하지 않고 용기를 낼 수 있었다.

두 달여의 선거운동 동안 나는 내가 할 수 있는 최선을 다했다. 이제 남은 것은 겸허한 자세로 결과를 기다리는 것뿐이었다.

매 순간 최선을 다하면 결과는 필연적으로 따라온다고 했던가. 주민 여러분께서 성원해 주시고 응원해 주신 덕분에 마침내 재선에 성공할 수 있었다.

시의원 후보 가운데 비례가 아닌 지역구 여성 후보로 과감하게 도전해 신도시 지역구에서 당선되었다. 감사하고 감사할 따름이다. 나를 믿고 지지해 준 시민들을 위해서 더 열심히 의정활동을 하는 것으로 보답해야 할 것이다.

선택받은 만큼 책임감도 배가 되었다. 이를 계기로 주민들과 더 깊은 공감을 하고, 주민들과 더 큰 협력을 하여, 더 멋진 신도시를 만들어가는, 그래서 주민들에게 희망을 드리는 시의원이 되어야 하리라.

'용두사미'성 사업은
이제 그만

2014년 보궐선거 당시 김포에서 문재인 의원님과 함께

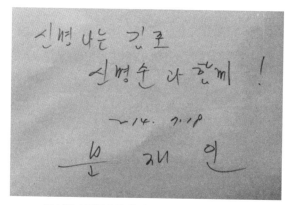

2014년 선거구호를 친필로 써주신 문재인 의원님

2014년 7월 1일 민선 6기가 개원하였다. 이번 원 구성에서 전반기 부의장직을 맡게 되었다. 김포시 최초로 여성 부의장이라는 막중한 자리, 어깨가 무겁다. 민선 6기는 10명의 의원으로 출발하면서 행정복지와 도시환경 두 분야로 나뉘어서 상임위 활동을 하게 되었다. 시민여러분의 성원에 보답할 수 있도록 부의장직도, 지역구 의원직도 성실히 수행해 나가겠다고 스스로에게 약속하였다.

2선 의원이 되었기에 책임도 더 막중해졌다.

신명 나는 김포를 만들려면 나는 무엇을 해야 할까? 작은 것부터 하나하나, 시민들의 민원에 귀 기울이고 불편을 최소화하기 위해 현장을 발로 뛰며 시민들의 눈높이에서 보고 생각하고 개선할 점을 찾아 집행기관에 건의하는 것. 나는 이것부터 시작했다.

그중 하나가 좌석버스 번호 표지판이었다. 선거운동을 하면서 버스정류장을 지나칠 때마다 시민들이 번호 표시가 없어 우왕좌왕하는 모습을 봤기 때문이다.

좌석버스 번호 표지판을 바닥에라도 붙여놓으면 줄을 서는 시민들의 혼란을 막을 수 있을까 싶어 교통과에 건의했다. 그러나 교통과는 어떤 방식으로 표시할 것인지 고민 중이라더니 결과가 쉽게 나오지 않았다.

이렇게 공무원이 고민하는 동안 시민들은 실천을 한다. 좌석버스 정류장 표시하죠 → 제가 만들어 볼게요 → 저는 시간이 되니 붙이는 걸 할게요….

그 결과 일주일 만에 완성되었다. A지구 풍경마을, B지구 뉴고려병원, C지구 복합환승센터 정류장 바닥에 시민들과 함께 버스 번호판을 부착하고 다녔다. 자발적·능동적으로 실천하는 시민의 힘! 여기서 또 배운다.

신도시 시민들의 모임 '미래포럼'에서 제작한 버스 번호 표지판

버스정류장 바닥에 시민들이 잘 볼 수 있도록 버스 번호 표지판을 붙이고 있다.

나는 '탁상공론(卓上空論)'이란 말을 싫어한다. 현실과 동떨어진 책상 위에서 나누는 쓸데없는 의논이야말로 공무원과 정치인이 가장 멀리해야 하는 것이라고 생각하기 때문이다. 내가 현장을 중요시하는 이유이기도 하다. 발로 뛰어다니다 보면 여러 가지 문제점들을 자발적으로 깨달을 수 있다. 그중 한 가지가 당초 계획대로 추진되지 못한 '용두사미'성 사업으로 낭비되는 예산이었다.

김포시는 한 해가 다르게 변화하고 있는 성장 가능성이 무궁무진한 젊은 도시이다. 이 때문에 행정의 여러 분야에서 많은 시행착오를 겪고 있는 것도 사실이다. 1998년 시 승격 이후 김포시는 여러 가지 기반시설과 다양한 문화시설 확충을 위해 부단히 노력해 왔다. 그러나 많은 예산을 들여 추진한 대규모 사업 중에는 당초 계획과는 다르게 국·도비를 확보하지 못하거나 주변 여건의 변화, 관계기관과의 협의가 제대로 이루어지지 못해 제 기능을 하지 못하는 사업들이 종종 있었다. 이렇게 용두사미로 끝난 사업들이 얼마나 많은 예산을 낭비하게 되었는지 심각하게 고민해 봐야 할 때였다.

이에 제153회 제3차 본회의 5분자유발언을 통하여 국·도비 미확보, 주변 여건의 변화, 관계기관의 협의 미비 등으로 예산을 낭비한 사례를 지적하였다.

대표적인 사례로 첫째, 2007년 사유지에 조성해 3년 만에 토지주의 과다 임대료 요구와 협의 매수 불가로 인해 원상복구 후 반환했던 친환경 농업테마파크.

둘째, 농어촌공사와 군부대의 미협의로 수변공간 공공디자인 마스터플랜을 통해 계획했던 63억 원 거대 프로젝트가 20억 원 농수로 환경정화사업으로 끝난 감정동 농수로 수변환경 조성사업.

셋째, 당초 매입하지 못한 사유지 등에 대규모 농지 매립과 인근에 공장, 하우스 등이 들어서면서 자연경관 및 생태적 가치가 훼손돼 더 이상의 생태탐방로의 기능을 하지 못하게 된 하동천 생태탐방로 등이었다.

김포시가 직접 추진했던 이 같은 대규모 사업은 결국 철저한 계획 부재와 국·도비 미확보, 주민 및 관계기관과의 부동의 등으로 당초 계획과는 다르게 사업이 축소되면서 수십억 원의 예산을 들였지만 결국 제 기능을 못 하는 결과를 초래하고 말았다. 그동안 겪은 용두사미의 사업들을 교훈 삼아 이제부터는 더 이상 예산낭비 사업은 없어야 할 것이다.

또한 2007년부터 준비하고 있는 또 하나의 대규모 사업인 애기봉 평화생태공원 조성은 성공적인 사업이 되기를 희망한다. 당초 295억 원의 사업 규모였던 동 사업은 사업의 장기화로 인한 물가상승, 군 요구조건인 대체시설 반영, 위탁 용역비 증가 등으로 100억 원이 증가한 395억 원이 소요되는 사업으로 진행 중이다. 국비지원 검토과정에서 기획재정부는 전망대 설치와 관련해 북한을 자극할 우려가 있다는 사유로 전망대설치사업비를 시비로 직접 편성하라는 입장이어서 1차로 평화생태공원 구간을 우선 시행하고 사업비 추가 확보 후 전망대 공사를 2차로 추진한다는 계획인 것으로 알고 있다. 결국 문제가 되고 있는 전망대사업의 변경, 국·도비의 확보, 국방부·기재부·문체부 등과의 원활한 협의가 이 사업의 성공을 좌우하게 될 것이다.

이 사업 역시 용두사미성 사업이 되지 않도록 철저한 계획, 예산 확보, 관계기관과의 협의에 만전을 기해야 할 것이다.

애기봉 평화생태공원은 '평화생태공원'이라는 이름에 걸맞게 재 탄생하기 위해 사업내용 변경과 추가 사업들이 이어지면서 우여 곡절 끝에 지난 2021년 10월 7일 개관할 수 있게 되었다.

새롭게 단장한 애기봉평화생태공원

시민주도형 스마트타운 플랫폼을 활성화하려면

현대사회를 흔히 정보의 시대라고 말한다. 우리는 매일 수많은 정보의 홍수 속에서 살아가고 있고, 이제는 단순한 정보의 활용을 넘어 수많은 정보들을 융합해 새로운 정보를 만들어 내고 있다.

이러한 시대의 흐름에 발맞춰 김포시도 '시민행복, 안전한 첨단도시 김포 실현'을 위한 시민주도형 스마트타운 플랫폼을 구축하게 되었다.

기존의 김포시 홈페이지가 볼거리, 먹거리 등 시의 소개, 부서의 하는 일, 각종 행사 및 고시 등 홍보 위주의 일방적인 단순 정보로만 구성되어 있었다면 스마트타운 플랫폼은 모바일과 SNS, 스마트 미디어 기술을 활용한 지역민과의 소통행정 강화를 목표로 하고 있다.

이에 시는 2014년 3월 방송통신융합 공공서비스 시범사업 사업자 선정 공모에 참여, 5월부터 국도시비 8억4천만 원을 들여 장비 설치 및 프로그램을 개발하고 지난 2월 사업을 완료, 3월 홍보 및 현장 설명회를 실시한 바 있다.

스마트, 도시화라는 두 개의 메가트렌드를 융합한 시민주도형 스마트타운 플랫폼은 우리마을 소통서비스, 나눔서비스, 안전서 비스, 상권활성화서비스를 통해 시민공동체를 강화하고 도시화에 따른 사회문제를 소통과 관계 중심의 커뮤니티 활성화로 해결하 기 위한 프로그램이라고 한다.

그러나 결론부터 말하자면 시민주도형 스마트타운 플랫폼은 프 로그램이 만들어져 있을 뿐 아파트 카페보다 활성화되지 못하고 있다는 것이다. 아니 활성화를 논하기 전에 존재 자체를 알고 있 는 시민도 많지 않다. 스마트타운이 시민주도형이라고는 하지만 현재는 시민도, 행정기관도 참여하지 않고 있는 것이 현실이다.

구축한 지 한 달밖에 안 됐는데 너무 성급한 것 아니냐고 할 수 있겠지만 지금부터 세세한 것 하나하나 점검해 나가자는 차원에 서 나는 제156회 임시회 5분자유발언을 통하여 몇 가지 제안을 하였다.

시민 주도형 스마트타운 플랫폼은 모바일 앱과 PC웹 등 다양한 멀티미디어 형태로 제공되고 있다.

나는 아이폰을 사용하고 있다. 설명회 당시 앱을 설치하기 위해 앱스토어에서 찾아봤지만 지원되지 않고 당시 조만간 지원할 계획이라고 하였다. 한 달여가 지난 최근 지원을 시작했다는 설명 을 듣고 어제 앱을 설치했다.

하지만 아이폰에 설치만 가능할 뿐 어떠한 것도 작동되지 않고 있다. 나뿐만 아니라 주변에 아이폰을 사용하고 있는 지인 3명에게 시도를 요청했으나 결과는 같았다.

PC웹도 활용해 보려고 했지만 이번에는 회원가입부터 막히기 시작했다. 이유인즉 익스플로러 10 이상에서만 지원이 가능하다는 것. 메인화면에 익스플로러 10 이상에서 지원이 가능하다는 설명이 있었다면 헛수고하는 일은 없었을 것이다. 어떤 것이든 빠른 것을 원하는 요즘 같은 세상에 한두 번 시도해서 안 되면 사용자들은 금방 돌아선다. 이유를 알아보기보다는 쉽게 외면하고 만다. 한 가지 더, PC웹 메인화면에 모바일 앱도 지원한다는 홍보문구가 있어도 도움이 될 것이다.

뿐만 아니라 현재 운영되고 있는 스마트타운 플랫폼에는 정보가 거의 없다. 시민들이 주도적으로 참여할 때까지 관리자가 시민들이 원하는 다양한 정보를 제공해 나가는 것도 활성화를 위한 방법일 것이다. 정보가 없다 보니 이용자도 없을 수밖에 없다.

더불어 다양한 콘텐츠 개발이 필요하다.

예를 들면 어린이 체험 공간 관련 정보 제공이다. 도농복합도시인 김포는 신도시에 젊은 세대들이 많이 유입되면서 유아, 어린이들이 할 수 있는 체험활동 공간을 많이 찾고 있다. 우리 시 어린이집은 총 412개소. 이들 어린이집에서는 매달 1~2회 체험활동을 하고 있다.

그리고 농촌에는 국도시비 지원으로 농업인단체 및 작목반, 개인이 운영하고 있는 체험농장이 21곳이 있다. 관내에 어떤 체험농장이 있는지 모르는 가정과 어린이집에서는 체험활동을 하기 위해 관외로 나갈 수밖에 없다. 체험농장에 대한 다양한 정보를 하나의 콘텐츠로 제공하고 이 정보를 통해 어린이가 있는 가정과 400여 개소의 어린이집에서 이용한다면 각 가정과 어린이집, 체험농장 모두 경제적인 효과를 누릴 수 있을 것이다.

또 하나는 공공시설 대관에 관한 정보 제공이다. 대관이 가능한 모든 장소를 소개하고 각각의 시설물 예약현황 확인과 바로 예약이 가능하도록 한다면 시설마다 일일이 확인을 해봐야 하는 이용자들에게는 유용한 정보가 될 수 있을 것이다.

시민주도형 스마트타운 플랫폼은 말 그대로 시민에 의해 만들어져 가는 것이지만 시민이 취지를 모르고 참여가 없다면 8억4천만 원의 막대한 예산만 낭비하는 꼴이 될 것이다.

지금부터 시민에게 알리기 위한 홍보와 현장교육뿐만 아니라 시민이 쉽게 참여할 수 있고 그 어떠한 소셜커뮤니티 공간보다 김포에 관한 유용한 정보를 제공하는 등 활성화시키는 것에 최선을 다해야 할 것이다.

7년이 지난 지금 시민과의 소통행정 강화를 위해 구축했다던 시민주도형 스마트타운 플랫폼은 어디에도 없다. 시민주도형이라는 말이 무색할 정도로 시민들이 이용 필요성을 느끼지 못하는 데다 접근성 문제 등으로 활용에 한계를 드러내면서 2018년 초 사업일몰로 서비스가 중단되고 말았다. 우려했던 대로 결국 8억4천만 원의 예산만 낭비한 꼴이 되었다.

현장을 발로 뛰는 것과 더불어 내가 또 중요하게 생각하는 한 가지는 사회적 약자를 위한 배려였다. 5대 시정활동에서도 나는 이미 전국 최초 청소년근로자 인권보호 조례 제정, 임산부·장애인·노인 등 약자를 배려한 조례 7건을 발의한 바 있다.

조례제정 이후 동사무소 주차장에 만들어진 임산부 전용주차장

2015년 5월에도 제157회 임시회를 맞아 사회적 약자를 배려한 조례 5건을 5명의 시의원이 발의하였다.

내가 대표 발의하고 노수은, 정왕룡, 정하영, 피광성 의원이 공동 발의한 김포시 및 출자·출연 기관 소속 기간제 근로자의 생활 안정과 노동력의 질적 향상을 위한 생활임금 조례를 비롯해, 정하영 의원의 학교 부적응 등의 사유로 학업을 중단한 청소년들에게 개인별 여건과 특성에 맞는 교육지원을 위한 학교 밖 청소년 지원 조례, 노수은, 피광성 의원의 70세 이상 체육시설 감면 내용을 담은 체육시설 관리 운영조례 일부 개정안과 응급상황에서 시민의 건강과 생명보호에 기여함을 목적으로 하는 응급의료 지원에 관한 조례, 정왕룡 의원의 지역 내 거주하는 고려인 주민들의 원활한 지역사회 적응을 위한 고려인 주민 지원 조례를 발의한 상태다.

당시 나를 비롯한 제6대 김포시의회 민주당 의원들은 지역사회 약자를 위한 정책 마련에 많은 노력을 기울여 나갔다.

2015년 6월에는 한강신도시 기반시설 인수를 앞두고 국회의원, 시장, 시도의원으로 구성된 선출직공직자협의회와 주민들이 현장 합동점검을 가졌다. 조류생태공원, 모담산, 금빛수로, 운유산 둘레길, 주제3공원 체육시설, 호수공원 등 합동점검을 통해 드러난 하자, 부족한 시설물에 대해 지속적으로 체크해 나갈 것이다.

합동점검이 조금 늦은 감은 있으나 지금보다 나은 한강신도시를 위해서는 모두가 힘을 합쳐야 할 때이다. 이번 합동점검을 계기로 신도시가 더 살기 좋은 도시가 될 수 있도록 노력해 나갈 것을 약속 드린다.

선출직 공직자 신도시 합동점검1

선출직 공직자 신도시 합동점검2

추운 겨울을 이겨낸 봄꽃처럼

주민들의 안전을 먼저 생각하는
행정이 필요한 때

기나긴 무더위도 한풀 꺾이고 아침저녁으로 찬바람이 부는 2015년 가을, 신도시 내 치안과 관련하여 제159회 임시회에서 5분자유발언을 하였다. 무엇보다 김포시 주민들의 안전이 우선이라는 생각에서였다.

더욱이 2003년 5월 정부의 신도시 발표 이후 12년이 지난 현재 김포한강신도시는 마무리 단계에 접어들고 있으나 한강신도시는 여러 가지 기반시설이 부족한 것은 물론 시민의 안전과 직결된 치안, 화재 등 각종 재난의 사각지대에 놓여 있어 주민들의 우려의 목소리가 높아지고 있는 상황이었다.

한강신도시에는 경찰서 1개소와 마산동, 장기동에 파출소 2개소를 신설할 예정이었으나 경찰서만 들어서고 파출소 2개소는 아직 부지조차 매각되지 않고 있었다.

또한 소방서 1개소와 마산동, 운양동의 119안전센터 2개소도 신설 예정이나 역시 부지 매각이 안 된 상태였다.

그나마 반가운 소식은 경기도가 한국행정연구원에 의뢰해 119

안전센터를 설치할 필요성이 있거나 신설 요구가 있을 것으로 예상되는 32개 지역의 우선순위를 따져본 결과 119안전센터 신설 우선 순위 1위로 한강신도시 마산동이 선정됐다는 것이다.

2015년 현재 김포시 전체 인구 35만 명 중 35% 정도가 고층 아파트가 즐비한 한강신도시에 거주하고 있다. 그러나 119안전센터는 건립계획만 있을 뿐 지금까지도 부지 매각조차 못하고 있다.

이 때문에 신도시 내 화재 등 재난사고 관할은 김포소방서 내 중앙 119안전센터가 거의 도맡아 하고 있다. 중앙 119안전센터로부터 한강신도시까지 먼 곳은 10km 이상 떨어져 있어 즉각적인 초동 대처를 기대하기 어렵다. 고가사다리차, 구조차 등 장비도 부족한 상태이다.

김포시 5대 강력범죄 발생현황을 보면 2014년 기준 살인 6건, 방화 11건, 강도 6건, 강간 및 강제 추행 118건 등 해마다 강력범죄가 증가하고 있으며 2015년 상반기만도 살인 4건, 방화 6건, 강도 3건, 강간 및 강제 추행 44건이 발생하는 등 최근 3년 사이 강력범죄는 계속 증가하고 있다. 또한 크고 작은 교통사고로 지난해 부상자 2,246명, 사망자 25명, 올 상반기 벌써 부상자 1,258명, 사망자 15명에 달하고 있다.

이처럼 신도시 인구에 비해 경찰·소방 인력은 턱없이 부족하고, 매년 가시적으로 증가하고 있는 범죄현황은 시민들의 불안을 더 가중시키고 있다.

상황이 이렇다 보니 신도시 주민들은 자진해서 방범 활동에 나서고 있다. 구래동의 호수마을이편한세상, 우미린, 솔터2단지, 김포2동의 청송마을 현대성우오스타, 장기동의 푸르지오, 장기상가, 운양동의 일성트루엘 등 아파트 단지별로, 혹은 상가별로 자체 방범대를 구성하고, 주민의 안전을 위해 스스로 나서고 있다.

한강신도시는 아직 개발이 안 된 곳, 인수받지 않은 공원 등 우범지대가 곳곳에 산재해 있고, 고층 아파트가 즐비하다 보니 신도시에 거주하는 주민들은 하루속히 파출소와 소방서, 119안전센터가 신설되기를 희망하고 있다.

나는 눈에 보이지 않는 최첨단 정보통신기술을 총동원하여 시민이 안전한 첨단도시를 만드는 것도 중요하지만 눈에 보이는 파출소, 119안전센터 신설과 인력, 장비 확충을 통해 시민들에게 안정감을 주는 것이 우선이라 생각한다.

아직 모든 것이 부족한 한강신도시, 주민들은 자체 불꽃·풍선축제, 환경정화, 나무심기, 벼룩시장, 지역농산물 애용을 위한 농산물직거래 장터 등을 운영하기도 하고 한강신도시 기반시설을 조금이라도 더 확충해 보겠다고 단체별로 현장점검을 하는 등 내가 사는 도시가 좀 더 안전하고, 멋지고, 살기 좋은 도시를 바라는 마음에서 참 많은 일을 스스로 찾아서 하고 있는 것이다. 거기에 더불어 스스로의 안전을 지키기 위해 밤에는 방범활동까지 나서고 있다.

신도시 기반시설 확충과, 철저한 인수도 중요한 문제지만, 지금은 주민들의 안전을 먼저 생각하는 행정이 필요한 때다.

파출소, 소방서, 119안전센터 신설이 김포시가 직접 할 수 있는 일이 아니기에 시 집행기관과관계기관의 관심과 행정력 집중이 무엇보다도 절실하다.

김포시의 치안 유지에 만전을 기하기 위해서라도 파출소, 소방서, 119안전센터가 조속히 신설될 수 있도록 발 빠른 행정력을 발휘해 줄 것을 다시 한번 당부드린다.

제159회 임시회를 끝마치고 며칠 후에는 운양동 수(水) 순환체계 점검에 나섰다.

수 순환체계의 시운전으로 물 공급을 했던 구래동 호수공원과 운양동의 실개천에 물 공급은 올해는 끝났다. 농어촌공사에서 14일부로 물 공급을 중단했기 때문이다. 14일 마지막으로 공원녹지과 LH 직원들과 운양동 실개천을 점검하였다.

운양동 실개천의 수 순환체계는 수질 정화시설에서 정화된 한강물이 운양동 고지폰드로 보내지고 4, 5, 6 발원지를 통해 5,1km의 실개천을 돌아 제2펌프장으로 모아져 다시 수질 정화시설로 돌아오는 과정을 거치게 된다.

점검결과 일부 발원지의 누수가 발생하는 점, 실개천 구배 및 연결구간 배관의 높이 부적합 문제 등으로 여러 구간에서 물이 제대로 흐르지 않는 것을 확인했고, 이 문제점들의 근본적인 해결책 마련을 LH 측에 강력히 주문하였다.

점검에 함께 참여한 LH 관계자는 "발원지 누수, 수압, 수량 등 문제점에 대해 보수와 조절을 하겠으며, 추석 이후 구매가 맞지 않는 구간은 구배 측량을 통해 개선하겠다."라고 약속하였다.

운양동 고지폰드

한강신도시의 수순환체계는 금빛수로(2.7km)와 가마지천 (2.2km), 호수공원(10만㎡), 실개천(10.5km) 등과 이곳에 흐르는 물의 수질을 맑게 해주는 수질정화시설로 이루어져 한강신도시 전반에 하나의 거대한 수(水) 체계를 이루고 있다.

구래동의 가마지천, 실개천, 호수공원, 장기동의 금빛수로, 운양동의 실개천에 필요한 총 수량은 111,332㎥. 호수공원의 물 공급만도 약 16일, 금빛수로 40일, 실개천 유지용수 5일 등 최소 담수만 50일 이상 소요된다.

수 순환체계는 한강신도시의 랜드마크가 되는 특화시설로서 시민들의 관심과 기대가 최고조에 달해 있는 만큼 시설을 인수하기 전까지 철저한 시운전을 통해 미흡한 사항을 보완해 시민들에게 최상의 공원서비스를 제공할 것을 공원녹지과장에게 당부하였다.

여성의 섬세함으로
김포시 살림 야무지게

큰 슬픔이 거센 강물처럼 네 삶에 밀려와/ 마음의 평화를 산산조각 내고/

가장 소중한 것들을 네 눈에서/ 영원히 앗아갈 때면/

네 가슴에 대고 말하라/

'이 또한 지나가리라'

끝없이 힘든 일들이/ 네 감사의 노래를 멈추게 하고/

기도하기에도 너무 지칠 때면/

이 진실의 말로 하여금/ 네 마음에서 슬픔을 사라지게 하고/ 힘겨운 하

루의 무거운 짐을 벗어나게 하라/

'이 또한 지나가리라'

행운이 네게 미소 짓고/ 하루하루가 환희와 기쁨으로 가득 차/

근심 걱정 없는 날들이 스쳐갈 때면/ 세속의 기쁨에 젖어 안식하지 않도

록/ 이 말을 깊이 생각하고 가슴에 품어라/

'이 또한 지나가리라'

너의 진실한 노력이 명예와 영광/ 그리고 지상의 모든 귀한 것들을/

네게 가져와 웃음을 선사할 때면/ 인생에서 가장 오래 지속된 일도/

가장 웅대한 일도/

지상에서 잠깐 스쳐가는/ 한순간에 불과함을 기억하라/

'이 또한 지나가리라'

가슴에 새긴 말, '이 또한 지나가리라'

내가 좋아하는 랜터 윌스 스미스의 시 〈이 또한 지나가리라 (This, Too, Shall Pass Away)〉 전문이다. 나는 이 시를 한 해를 마무리하고 새해를 맞이할 때 되뇌곤 한다.

끝나지 않을 것 같은 슬픔도 시간이 지나면 서서히 무뎌지고, 그토록 오래 지속되기를 바라던 기쁨도 시간이 지나면 잊히기 마련인데 마치 이러한 감정들이 영원히 지속될 것처럼 느낄 때가 있다. 그럴 때면 조용히 읊조린다. '이 또한 지나가리라.'

그러고 나면 일이나 사람에게 받은 상처도 조금씩 잦아들고 마음이 평온해지는 신기한 체험을 하게 된다. 상처에 생긴 딱지가 떨어져 나가면 그 자리에 슬그머니 찾아든 희망과 만날 수 있다. 그래서 또 사람은 살아가는 것인가 보다. 언제까지나 불행만 계속되지는 않기에.

나는 그래서 긍정의 힘을 믿는다. 만약 지금 힘들고 지친 사람들이 있다면 꼭 말해 주고 싶다. "그 또한 지나가리라."라고.

2016년 새해를 맞아 나쁜 일들은 잊고 다시 시작하는 마음으로 희망찬 출발을 하였다. 그리고 올 한 해도 시의원으로서의 본분과 책임을 다하며 항상 시민들 곁에서 호흡을 같이하기 위하여 새롭게 각오를 다졌다.

37만 김포시민 여러분!

새해 목표했던 일들 차근차근 이루실 수 있도록 다시 한 번 마음가짐 새롭게 갖는 시간 되시길 바랍니다.

저도 시의원으로서 지역발전과 주민의 복리증진 등 의원 본연의 역할에 최선을 다하는 한 해가 되도록 노력하겠습니다.

2016년 김포시 살림살이는 1조1,400억 원으로 본예산 기준 김포시 이래 가장 많은 예산이 편성되었습니다. 이 중 도시철도 관련 사업이 4,350여 억으로 분야별 예산규모 중 가장 많은 38%를 차지하고 있습니다. 도시철도사업 특별회계 중 4,242억 원이 LH부담금입니다. 시와의 협약대로 공사 진행에 따라 분기별로 차질 없이 받을 수 있도록 철저하게 감독하겠습니다.

두 번째로 많은 예산은 2,151억의 복지 예산입니다. 어려운 지역주민을 위해 쓰이는 예산인 만큼 기 확보된 국·도비가 반납되지 않도록 사각지대에 놓인 어려운 계층을 찾아 효율적으로 지원될 수 있도록 노력을 기울이겠습니다.

또한 올해는 김포한강신도시 기반시설이 마무리되고 시가 인수하는 시점이기도 합니다.

신도시 지역구 의원으로서 제대로 된 기반시설을 인수받을 수 있도록 시설물 하나하나 꼼꼼히 살피고 점검해 최적의 기반시설을 인수할 수 있도록 하겠습니다.

1조1,400억 원의 김포시 예산. 여성의 섬세함으로 꼭 쓰일 곳에 제대로 쓰일 수 있도록 견제와 감시를 해나가겠습니다.

37만 김포시민 곁에서 신명 나는 김포 만들어 가겠습니다.

- 김포시 다선거구 신명순 의원(부의장) 올림

아트빌리지 현장점검. 현장에는 문제점도 답도 있다.

김포한강신도시
수(水) 체계 걱정스런 물 공급

얼마 전 김포한강신도시 수(水) 체계를 지적하는 기사를 읽었다. '김포한강신도시 대수로, 팔당원수 확보 필수다'라는 제하의 경기 일보 기사였다.

김포한강신도시 대수로(금빛수로)는 문제가 많다. 소규모 유람선이 운행하는 관광형 수로도시(Canal City)를 만들겠다며 요란하게 떠들더니 당초 계획과 달리 부실하기 짝이 없다. 공사비는 350억 원이나 투입됐지만 대수로에 공급되는 한강 원수는 오염이 심각해 농업용수로도 부적합하고, 그나마도 1년 중 100일 정도만 물이 공급돼 주변 지천의 바닥이 말랐다.

(중략)

시민에게 양질의 수(水) 경관을 제공하고 최적의 기능을 유지하기 위해서는 안정적으로 한강 원수를 공급받아야 하는데 농업용수를 제한적으로 이용하다 보니 물도 모자라고 오염도 심각하다. 수 체계 시설운영에 따른 근본적인 대책이 마련되지 않고는 한강신도시 대수로는 빛 좋은 개살구일 뿐이다.

한강신도시 대수로는 농업용수를 사용토록 한 당초 계획부터가 문제다. 이 문제를 해결하기 위해서는 팔당상수원의 물을 사용해야 한다. 김포시 상하수도사업소와 한강신도시 대수로를 연결하는 관로가 설치돼야 하지만 장기적 관점에서 볼 때 이 방법이 최선이다. 오염된 수질과 부족한 원수 확보 문제를 동시에 해결할 수 있기 때문이다. 팔당원수는 안전한 수질뿐만 아니라 필요할 때 연중 언제든 사용할 수 있고 원수 처리비 및 운영비도 절감할 수 있다. 한강신도시 대수로를 반쪽으로 만든 LH가 관로 공사비용을 부담해 팔당원수를 끌어들여야 한다.

- 경기일보 (2016.02.02)

그렇지 않아도 나는 지난해 운양동 수 순환체계 점검에 나서서 문제점들의 근본적인 해결책 마련을 LH 측에 강력히 촉구한 바 있고, 선출직공직자협의회에서 수차례 논의를 통해 LH 측에 건의도 했었기에 이후에도 계속 예의 주시하고 있었다. 그러던 차에 이 기사를 읽고 나니 문제의 심각성을 더 이상 간과할 수 없었다.

이에 제162회 임시회 제1차 본회의 5분자유발언에 나서서 "한강신도시의 수 체계 시설의 원활한 원수공급과 깨끗한 수질을 확보하기 위해 팔당원수를 사용해야 한다"고 강력히 주장하였다.

김포한강신도시의 대표적인 콘셉트는 수로도시이다. 이에 LH는 김포한강신도시를 '한국의 베니스'로 홍보하고 소규모 유람선이 운행하는 관광형 수로도시로 만들겠다고 했다. 90%의 공정률을 보이고 있는 수로는 올 연말 청송교 재설 공사가 마무리되면 완공될 예정이다. 시는 LH로부터 모든 수 체계를 인수받기 전 통수가 시작되는 오는 4월 중순부터 청송교 인근을 제외한 호수공원, 대수로, 실개천 등의 시운전을 계획하고 있다.

수 체계의 원수공급은 실시설계상 한강하구의 물인 농업용수로 되어 있다. 가장 오염도가 심한 한강하구의 농업용수를 취수해 2급수로 정화하여 수 체계 전체로 365일 순환한다는 계획이다.

그러나 한강하구의 농업용수를 원수로 이용한다는 것은 문제가 많아 보인다. 시운전에 앞서 지난해 수질 테스트 결과 7월 1차에서는 부적합 판정을 받았으며 8월 2차에서는 적합 판정을 받아 일부 담수를 할 수 있었다. 이것은 농업용수 특성상 기후와 계절 염도와 녹조 등 수질에 따라 원수로 이용이 제한적일 수 있다는 것이다. 또한 지난해 8월 4일부터 9월 4일까지 한 달간의 시운전 중 원수공급 문제로 18일간만 시운전을 할 수 있었다. 즉 원수공급은 영농일정에 따라서도 제한적일 수밖에 없다는 것이다.

한강신도시의 수 체계는 한국농어촌공사를 통해 농업용수를 공급받기 때문에 농사철인 4월 중순부터 통수가 끝나는 9월 중순까지 약 150여 일만 사용이 가능하다. 그나마도 환경적인 요인, 영농일정을 감안하면 100여 일 남짓 사용이 가능할 것이다. 절반이 넘는 나머지 200여 일 동안 증발과 누수로 필요한 물은 농수로 원수 없이 보충수를 이용해야 하는데 LH의 보충수에 대한 대안도 지금은 막연한 상태이다.

수 체계를 운영해야 하는 해당 부서에서는 장마철 및 기상이변으로 대수로나 호수공원의 퇴수 후 재보충 시 많은 시일이 소요되고 농업용수 공급 중단 시에는 담수 자체가 불가피한 실정이어서 많은 우려를 하고 있다.

문제는 이뿐이 아니다. 실시설계상 담수량과 소요시간이 실제와 많은 차이가 있다. 실시설계상 호수공원의 담수량은 1만5천여 톤 2.8일, 대수로 9만1천여 톤 16.4일로 되어 있으나 지난해 8월 시운전 시 호수공원은 3만 톤 10일, 대수로는 17만4천여 톤 58.6일이 소요될 것으로 추정되며 농업용수 사용가능 일수 100여 일 중 60일은 물을 채우는 데 소요될 것으로 보인다.

또한 운양동, 구래동의 실개천 운영을 위해 1일 6,500톤의 수량이 필요하고 반송용수의 비율이 50% 이하로 매일 3,000톤가량 부족분이 발생한 것으로 조사돼 농업용수 공급이 중단된 이후에는 보충수 공급 또한 어려워 365일 물이 흘러야 하는 실개천은 건천으로 전락할 수도 있다.

지난해 실시한 농업용수의 수질 테스트 결과도 정수처리 후 방류되는 보증수질과 비교하면 BOD, COD, SS, 총인, 총대장균군 등 모든 검사항목에서 오염도가 심각한 것으로 조사되었다. 오염도가 심각한 농업용수를 신도시의 모든 수 체계의 원수로 사용한다면 충분한 원수 공급도 어렵고, 안전한 수질 확보도 기대하기 어려울 것이다.

농업용수를 원수로 사용 시 소요되는 약품비, 전력비, 수선유지비, 슬러지 처리비, 원수 단가 등 연간 유지비용은 3억8,200만 원이지만 살균처리로만 사용이 가능한 팔당상수원을 원수로 사용 시 연간 1억7천여만 원을 절약할 수 있다는 것이 앞으로 운영을 맡을 해당 부서 관계자의 설명이다.

LH의 수 체계 실시설계는 지난해 약 2개월간의 시운전만으로도 담수량, 담수 소요시간이 빗나갔으며 농업용수를 원수로 사용한다는 계획은 수질 테스트, 앞에서 설명한 여러 가지 원수 확보의 어려움 등 많은 제약이 있어 수정을 해야 한다고 생각한다.

인천청라지구와 파주운정신도시, 일산호수공원 등 인근 신도시 수 체계 운영이 풍납취수장과 임진강에서 취수한 상수원수를 사용하고 있는 것처럼 한강신도시의 수 체계도 원활한 원수공급과 깨끗한 수질을 확보하기 위해서 팔당원수를 사용해야 한다.

그러기 위해서는 LH로 하여금 고촌 정수장 인근 원수 인입관로부터 신도시 수 처리시설까지 신규 공급관로를 매설하게 해야 한다.

명색이 수로도시라 함은 연중 내내 물이 흘러야 한다. LH는 대수로인 금빛수로에 유람선을 띄우겠다 했다. 그러나 이와 같은 실정이라면 유람선은커녕 종이배도 띄우기 어려울 것으로 보인다.

LH가 김포에 신도시를 만드는데 왜 우리만 시비를 들여 도시철도를 놓아야 하고, 왜 우리만 도서관 하나 없어 LH에 지어달라고 통사정을 해야 하고, 왜 우리만 명색이 수로도시인데 수로에 물을 못 채울까 봐 전전긍긍해야 하는가?

한강신도시 입주민들은 도서관이 아직 없어도, 기반시설이 아직 부족해도, 교통이 불편해도 수로에 물이 들어오면 뭔가 달라지겠지 하는 기대감으로 호수공원에, 대수로에, 실개천에 물이 들어오기만을 학수고대하고 있다.

'수로도시 김포' 한강신도시의 수로가 제대로 만들어지지 않으면 한강신도시는 실패작이 될 것이고 시민들의 실망도 클 것이다.

이제 우리도 더 이상 물러서면 안 된다. 선출직, 공무원 여기에 시민들의 힘을 보태서라도 제대로 된 수로도시가 탄생할 수 있도록 모든 역량을 모아야 할 것이다.

운양 고지폰드에서 흐르는 물길

주민지원 사업에
민·관·정 힘을 모을 때

계절에 따라 도시의 모습도 변한다. 봄이 오니 어느새 담벼락에 노란 개나리가 고개를 내밀고 아파트 단지와 거리 곳곳이 울긋불긋 철쭉으로 물들었다. 자칫 밋밋하게만 느껴질 도시 경관이 봄꽃들 덕분에 화사하다.

오늘은 식목일이라 조류생태공원 한강 쪽 사면에 공직자, 주민들이 함께 팥배나무를 식재하였다. 아직은 앙상하지만 몇 년 지나면 풍성해질 것이다.

신도시를 다니다 보면 차선, 횡단보도 도색이 많이 지워져 위험하기도 하고, 지저분하기도 하고, 오래된 도시 같은 느낌이 있다. 도로 인수 전 LH로 하여금 재도색을 건의했는데 다행히 곧 도색을 해주기로 하였다. 나는 몇 년 전부터 시작한 sns를 통하여 시민들과 소통하고 있는데 이번에도 시급히 도색이 필요한 곳이 있다면 알려달라는 글을 올려두었다. 바로바로 시민들의 불편함을

최소화하기 위한 소통의 통로인 셈이다.

2016년 4월 21일, 어느덧 세월호 2주기가 되었다. 세월호 사건 이후 교육계에서는 교육과정에 초등학교 3학년 학생을 대상으로 생존수영을 배우도록 하고 있다. 그러나 우리의 교육환경이 학교나 지역에서 수영을 쉽게 배울 수 있는 여건이 아니다 보니 많은 학교에서 이론 수업으로 대처하는 등 애를 먹고 있다.

지난 3월 자원화센터 스포츠센터를 도시공사에서 직영하면서 신도시 내 초등학교와 인근 초등학교 학생들이 수영을 배울 수 있는 기회가 생겼다. 도시공사의 배려와 교육지원청의 노력으로 5월부터 구래동의 한가람초등학교, 호수초등학교가 시작할 예정이다. 학교의 사정에 따라 당장은 어려운 곳이 많은 것 같으나 도시공사는 지속적으로 학생들에게 수영을 가르치겠다는 약속을 했으며 상황에 따라 신도시 외 지역의 초등학교도 가능하다고 한다.

풍무와 통진 수영장에서 일부 초등학교가 하고 있지만 아직 혜택을 받지 못하는 학교가 많아 안타까운 마음이다. 모든 초등학교가 강습을 받을 수 있도록 여러모로 노력해 나가겠다.

단 한 명의 아이도 포기하지 않는 김포교육, 지역의 학생까지 배려해주는 도시공사의 관계자분들과 특히 학생강습을 흔쾌히 승락해 주신 수영강사님께도 감사드린다.

그리고 장기도서관이 드디어 착공을 눈앞에 두고 있다. LH에서 지지부진하게 끌어오던 도서관 사업비 112억 원을 부담하겠다고 최종 통보해 왔다. 장기도서관은 원래 LH에서 건설해 김포시에 기부채납하겠다고 했던 기반시설이었으나 그동안 LH는 여러 가지 이유를 들어 사업비를 못 주겠다고 버텨왔었다. 도서관 개관을 더 이상 미룰 수 없어 시는 예산을 기투입해 설계를 끝냈고 지금은 시공사 선정을 위한 절차를 밟고 있으며 8월 첫 삽을 뜨게 될 것 같다. 도서관 준공은 2017년 10월, 개관은 2018년 2월경으로 예상된다.

특히 장기도서관 기부채납 문제는 내가 2011년 10월 의회 임시회에서 처음 문제 제기를 하였던 사안이라 더욱 감회가 새롭다. 5년간 끌어왔던 사업이 이제야 결실을 보게 된 것이다. 기반시설 하나 얻어내기가 이렇게 어려워서야…. 참으로 안타깝고 시민들께 죄송한 마음이다. 장기도서관 개관이 차질 없이 진행될 수 있

164

도록 계속 힘을 모을 것이다.

고창어린이집 놀이터

일반인들의 편견 중 하나가 장애아동들은 놀이터에서 노는 것을 좋아하지 않는다고 생각하는 것이다. 그러나 예상과 달리 아이들은 대체로 야외활동을 좋아하고 놀이터에서 노는 것을 좋아한다고 한다.

장애인복지관에 위치한 고창어린이집은 장애전담반이 있는 유일한 시립어린이집.

그동안 놀이터가 없어 원아들은 인근 아파트 놀이터를 눈치 보며 사용했었는데 시의 지원으로 놀이터를 갖게 되었다. 놀이터 설치기념으로 아이들이 천진하게 뛰놀며 물놀이를 하고 있다. 복지관에서 천막도 빌리고 각종 튜브와 물총도 펼쳐놓고, 선생님도 아이들도 너무너무 신나 보인다. 고창어린이집 놀이터 설치는 나의 의정활동 중 가장 보람된 일 중 하나다.

얼굴 가득 함박웃음을 지으며 뛰노는 아이들의 모습을 보니 앞으로도 사회적 약자를 위한 행정에 더 적극적으로 임해야겠다는 다짐을 하게 된다.

제169회 임시회 개회식에서는 수도권매립지 재원 중 경인아라뱃길 조성 보상금과 관련해 서부권 주민지원 사업에 쓰일 수 있도록 정치권과 집행기관, 지역주민이 함께 힘을 모으자는 5분자유발언을 하였다.

수도권매립지는 지난 1991년 서울시 난지도 매립지가 포화상태에 이르면서 서울시, 인천시, 경기도 3개 시·도가 함께 설립하였고 이후 인천시 서구와 경기도 김포 일대를 대체 매립지로 정해 이듬해 폐기물이 처음으로 반입되기 시작하였다.

김포시는 세대수가 적고, 영향등급의 차이로 인천시보다 적은 규모의 사업비를 지원받고 있는 실정이다.

더군다나 경인아라뱃길 조성사업과 관련하여 받은 보상금을 서울시에서 받아 가지고 있다가 인천시에 넘겨주고 이를 재원으로 영향지역 주민들에 대한 지원 사업을 진행하면서 김포는 거의 소외되고 있는 상태이다.

지난 5월 우리 지역 도의원께서 수도권 매립지 주민지원사업 집행에 대한 도정질문을 했을 때 경기도지사는 편입 매립지 용지 매각대금 1,025억 원 중 200억 원이 서울시에서 인천시로 이전됐으

며, 지난해 김포시를 포함한 매립지 주변영향 지역에 대한 환경개
선 사업으로 집행됐다고 하면서 인천시는 서울시의 잔여 매각대
금 825억 원이 이전될 때 김포시와 지역주민의 의견을 수렴하여
사업 선정 후 추진할 예정이며 경기도는 김포지역의 필요사업을
김포시와 협의 후 인천시에 강력히 요구하겠다고 밝힌 바 있다.

이에 양촌읍에서는 읍장을 비롯한 기관·단체장을 중심으로 수
도권매립지 영향권 지역 거주주민들을 포함한 양촌, 대곶, 구래동
등 서부권 지역주민들이 함께 이용할 수 있는 복지문화센터 건립
을 추진해 보자는 움직임이 일고 있다.

경인아라뱃길 조성사업 관련 용지 매각대금 중 서울시에서 이
전될 825억 중 5%만이라도 주민지원 사업비로 확보하고, 약간의
국·도비를 지원받는다면 복지문화센터 건립은 가능할 것이다. 현
재 양곡리 독립기념관이 위치한 양곡4근린공원 부지를 활용한다
면 부지매입비용도 들지 않아 훨씬 수월할 것으로 보인다.

그래서 나는 먼저 민, 관, 정이 함께 참여하는 서부권 복지문화
센터 건립을 위한 추진위원회를 구성하자고 제안하였다.

영향권 내 지역주민들이 뜻을 같이할 수 있도록 소통의 자리를 만
들고, 집행기관에서는 책임부서 지정 및 부지마련, 인천시, 경기도
와의 협력으로 재원확보에 모든 행정력을 동원하고 정치권에서도
힘을 보탠다면 서부권 복지문화센터 건립은 가능하지 않겠는가?

시장님 이하 집행기관의 결단과 의지가 필요한 때라고 생각한다.

김포도시철도와
아트빌리지

　오래전부터 김포시민이라면 알고 있겠지만, 김포시의 경우 2000년대 이전에는 관내에 철도가 없었다. 도로망도 국도 48호선 하나에 의존하는 등 다른 지역보다 불편한 교통 인프라를 갖고 있었다. 이후 한강신도시가 들어서면서 인구 수는 급증했으나 교통환경은 여전히 개선되지 않고 있다. 이 때문에 불편을 감수하며 광역버스에 의존하여 출퇴근을 할 수밖에 없었고, 이러던 차에 김포도시철도 사업이 시작되면서 김포시민이라면 누구나 큰 기대를 걸었다. 그러나 기대와는 달리 여러 가지 문제점들 때문에 2016년 현재까지도 별다른 진척이 없는 상황이다.

　나는 5대 의정활동 때부터 한강신도시로 인해 인구유입이 급격히 늘고 있는데도 도시철도를 비롯해 여러 기반시설이 부족함을 꾸준히 지적해 왔다. 또한 지난해에도 당초 계획과는 다르게 국·도비를 확보하지 못하거나, 주변 여건의 변화, 관계기관과의 협의가 제대로 이루어지지 못해 제 기능을 하지 못하는 사업들에 관한 문제점들을 꼬집기도 했다.

특히 김포도시철도는 처음에 국비와 도비 없이 한강신도시 교통 부담금과 김포시 예산으로만 짓기로 했기 때문에 다른 철도 노선에 비해 사업비 제약이 심했다. 그러나 2016년 8월 26일 경기도 2기 민생연합정치(이하 연정) 합의가 극적으로 타결되면서 김포도시 철도 건설사업에 도비를 지원받을 수 있는 근거가 마련되었다.

이에 나는 제170회 제2차 본회의에서 5분자유발언을 통하여 도비 확보에 총력을 기해야 한다고 촉구하였다.

경기도 연정 합의문 제30조(철도·도로인프라) 3항에는 "대규모 택지개발 등으로 급증하는 교통 수요에 대응하기 위해 4개 철도 노선(김포, 하남, 별내, 진접) 건설사업을 지원한다."라고 명시되어 있다.

김포도시철도 사업은 대규모 SOC 사업임에도 지금까지 국·도비를 한 푼도 받지 못하고 있는 실정이다. 시는 지난 2011년 9월 도시철도 전 구간을 지하화로 결정하고 2012년 경기도 기본계획 승인 당시 경제적 타당성 조사에서 못 미치는 재원에 대해 "도비 지원 없이 자체 재원을 확보하겠다."는 확약서를 도에 제출한 바 있다.

내가 의정활동을 하고 있던 당시의 기억을 되짚어보면 확약서 없이는 기본계획 승인을 해줄 수 없다는 도의 요구에 따라 강제로 확약서를 쓴 것이나 다름없었다.

경기도는 민자사업으로 진행된 용인과 의정부의 철도사업에도 운영비를 지원하였고, 부천 지하철 7호선 연장에도 국토부, 경기도, 인천시, 부천시의 분담비율을 조정하여 사업비를 지원했으면서 독립 노선이라는 이유로 유독 김포시에만 냉정한 잣대를 들이대고 있다.

사정이 이렇다 보니 시는 지난해에도 도시철도 사업 분담금의 10%인 300억 원을 경기도에 요청했다가 그대로 거절당한 바 있다. 또 시장님과 관계부서공무원들도 도에 갈 때마다 철도사업에 도비를 요청했다가 도 관계 공무원들로부터 "이러시면 안 된다."라는 말로 일언지하에 거절당했던 것도 알고 있다.

그러나 우리 시의 이 같은 사정을 잘 아시는 도의원님께서 연정 협상단에 참여하면서 김포도시철도 건설사업에 도비를 지원받을 수 있게 협상안을 이끌어 내면서 이제는 사정이 달라졌다.

다시 김포시에서 도비를 요구할 수 있는 근거가 마련된 셈이고, 이제 시가 어떻게 노력하느냐에 따라 도비 확보 여부가 달려 있다고 해도 과언이 아닐 것이다.

다른 지자체에서도 어려운 상황에서 도비를 지원받은 사례가 여럿 있다.

2014년 4월 준공된 수원시 영통구의 삼성로 도로확장사업은 세계적 기업인 삼성전자 및 주변 첨단업종 업체의 진입로를 확장하고자 경기도, 수원시, 삼성전자 간 MOU를 체결하여 도로확장을 통한 기업하기 좋은 환경 조성과 지역경제 활성화로 서민경제 안정을 도모하고자 추진한 사업이었으나 도비 확보 과정에서 글로벌 기업인 삼성전자에 도비까지 지원해야 하는지에 대한 의문 등 삼성전자 특혜지원 시비로 도비 확보에 어려움이 있었던 사업이었다.

그러나 수원시장과 관계 공무원들의 노력으로 도는 경기도, 수원시, 삼성전자 간 양해각서 및 협약서 체결 후 추진한 사업이라는 것을 인정하여 협약서에 따라 사업비를 지원하게 되었다.

2013년 개최된 남양주 슬로우푸드 축제도 개최 당시 지자체의 축제 예산을 도비로 지원할 수 없다 하여 도비 확보가 어려운 상황이었으나 담당 공무원이 예산심의 기간 내내 도의회로 출근하면서 도의원들을 끝까지 설득해 얻어낸 결과였다.

두 사례 모두 공무원들의 끝까지 포기하지 않는 일에 대한 열정과 절실함이 있었기에 가능했을 것이다.

2014년부터 본격적으로 시작된 도시철도사업에 우리 시 예산이 매년 수백억 원씩 우선 편성되다 보니 3년째 신규 사업은 엄두도 내지 못하고 있는 실정이며, 예산 부족으로 아무것도 할 수 없다는 말에 3년여를 참아온 시민들의 불만은 극에 달하고 있다.

여러 가지 어려운 현실에서 경기도 연정 합의로 김포도시철도 건설사업에 도비 지원을 받을 수 있는 발판을 마련한 만큼 이제 도비 확보를 위해 시장님을 비롯한 선출직, 그리고 관계 공무원들 모두 총력을 기울여야 할 때이다.

골드라인 현장점검

　5분자유발언을 하고 나서 5개월여 만인 2017년 3월 양촌읍 유현리 차량기지에 입고된 김포도시철도 골드라인 시찰에 나섰다.

　먼저 차량은 5, 6, 7월에 각 4편성씩, 8, 9, 10, 11, 12월에 각 2편성씩 연말까지 총 23편성(46량)이 입고 예정이며 시운전 전 적정시험을 거치게 된다. 지난달 22일 입고된 1편성의 골드라인은 현재 적정시험을 하기 위해 대기 중이다.

　김포도시철도 공사의 현재 전체 공정률은 65%이지만 차량 시운전은 노반, 전기, 통신이 마무리되는 6월경부터 차량기기~마산역(생활체육관)까지, 12월부터는 전 구간이 가능할 것으로 보인다.

　시운전을 한다는 것은 차량이 다닐 수 있는 조건만 될 뿐 공사가 완벽하게 끝난 것은 아니다. 마무리 공사는 올 11월까지 계속

될 예정이며 차량도 1년여간 시운전을 계속한 후 빠르면 내년 10월경 개통할 수 있을 것으로 보인다. 개통될 때까지 시의원으로서 진행 상황을 체크하고 점검을 계속해 나갈 것이다.

김포도시철도와 더불어 나는 한강신도시 마지막 특화시설인 아트빌리지만큼은 제대로 된 특화시설로 완성되어 김포시민이 꿈꿔 왔던 최고의 문화 예술 공간이 되기를 희망한다. 이 때문에 현장 점검을 통해 아트빌리지에 애초 계획된 시설물이 변경됐다는 사실을 공론화하고 개선책을 이끌기 위하여 의회에서 5분자유발언을 한 바 있다. 아트빌리지가 기본계획에 충실하게 지어지길 바랐기 때문이다.

사실 봄이 오면 모담산 자락에 소나무 향이 은은히 퍼지고 옹기종기 한옥과 잘 어울리는 멋진 조형물과 아름다운 꽃계단 아래서 문화 예술의 향연이 펼쳐지는 줄 알았다.

그러나 기대를 모았던 아트빌리지는 '랜드마크인 키 큰 소나무 군락과 상징조형물 누락', '장밋빛 위상과는 동떨어진 밑바닥 콘셉트로 뒷걸음질', '한옥마을 녹지 비탈사면은 꽃계단이 아닌 저품질 씨딩', '보행로와 광장은 전통과는 거리가 먼 이질적인 콘크리트 블록', '특화시설 내 보도포장이 콘크리트블럭 포장이라니 절망적', '수경시설 면적 당초 계획의 반토막', '휴게 및 안내시설물 모양, 형태, 공간배치 엉망, 수량도 턱없이 부족', '원가 절감, 공기 단축, 저품질 졸속 시공', 'LH, 허울뿐인 특화시설 조성에 부끄러워할 줄 알아야' 등등 부실시공이 제기되면서 걱정스럽기 짝이 없는 시설물로 전락할 위기에 놓여 있다.

  아트빌리지는 한강신도시 주제공원 5호 모담산 자락의 기존 한옥마을을 LH공사가 마련한 한강신도시개발계획에 따라 문화예술특구로 조성하는 사업으로 LH공사가 조성 후 김포시에 기부채납하기로 되어 있다. 한옥의 규모 변경 및 부동산 경기침체 등의 이유로 우여곡절 끝에 지난 2015년 착공한 아트빌리지는 오는 5월 준공예정이다.

  그러나 LH공사가 2014년 발표한 특화시설 기본계획과 실시설계가 상이하고 특히 조경 분야에서는 누락된 시설과 전통 한옥마을과 조화롭지 않은 자재를 사용하고 있어 특화시설이 아닌 졸속 시설이 될 것이라는 우려의 목소리가 높다.

  이 같은 문제점은 의회도 지난 행정사무 감사 현장방문을 통해 지적한 바 있고, 조경 전문가, 언론 등도 보도를 통해 지적한 바 있다.

  이에 대해 지난 12월 시는 "3차례에 걸친 T/F팀 회의와 5차례의 공문시행, 수시협의를 통해 지속적으로 보완 요구를 하고 있으며, 시설의 인수인계 시기 조절 방안을 검토하고 택지 개발사업의 승인과 준공의 권한이 있는 국토교통부에 문제점을 통보, 중재를 요청하는 등 다각적인 노력을 통하여 아트빌리지의 문제점이 최대한 보완될 수 있도록 만전을 기하겠다."라고 답변한 바 있다. 이후 시는 2월 초 한 차례의 T/F팀 회의를 더 했을 뿐이고 그 자리에서 LH공사의 실무자는 여전히 "검토하겠다."라는 답변만 했다고 한다.

　문제는 LH공사가 아트빌리지의 조경을 기본계획과 달리 현 실
시설계대로 시공한 후에는 되돌리기가 어렵다는 것이다.
　시공 후 시설의 인수인계 시기를 조절하는 것은 아무 의미가 없다.
조경이 시작되면 국토교통부에 문제점을 통보하고 중재를 요청하
는 것 또한 소용없다.
　LH공사는 준공시기를 4~5월로 예정하고 있다. 거기에 맞춰 조
경도 빨리 시작하겠다는 것인데 식재 시기 또한 너무 빨라지면 나
무들의 생존율도 떨어질 수 있다는 지적이다.
　준공시기를 늦추더라도 아트빌리지 내 조경은 재설계되어야 한다.
아트빌리지가 LH공사 실시설계대로 완공된다면 시는 또 하나의
골칫거리를 떠안는 꼴이 될 것이다.
　우리는 몇 채의 한옥을 얻고자 5년여를 더 기다렸던 것이 아니다.
자연과 전통이 조화를 이루고, 볼거리, 체험거리 풍부한 문화예술
특구를 기다렸던 것이다.

　한강신도시 조성이 마무리되어 가는 이 시점에서 제대로 된 특
화시설 하나쯤은 있어야 하지 않겠는가?
　완공 이후에도 김포시민의 관심과 애정으로 자체 식목행사도 하고,
타지역 수목도 이식해 가며 아직도 많은 공을 들이고 있는 조류생
태공원.
　신도시 콘셉트인 수로도시에 걸맞지 않게 조성 이후에도 물 공

급 문제로 골머리를 썩고 있는 금빛수로와 호수공원 등 수체계 시설.

LH는 신도시를 위한 특화시설이라며 선심 쓰듯이 완공 후 기부채납 한다지만 아직은 하나같이 애물단지이다.

소나무 군락과 멋진 조형물이 랜드마크가 되고, 사계절 아름다운 꽃계단이 한옥과 조화를 이루는 아트빌리지를 기대하는 것이 10년 넘게 신도시 조성으로 시끄러웠고, 마음고생 많았던 김포시민에게 사치일 수는 없다.

시장님을 비롯한 관계 공무원 여러분!

간곡히 바라건데 더 늦기 전에, LH공사와 사생결단이라도 내는 심정으로 아트빌리지 조경을 다시 점검해 줄 것을 요청드리는 바이다.

이런 노력 덕분이었을까. 2018년 3월 3일 드디어 문화 관광의 메카가 될 아트빌리지 개관식이 있었다.

민속놀이와 문화공연이 펼쳐지면서 아트빌리지에는 정말 많은 시민들이 함께하셨다. 기대에 100% 만족할 수는 없었지만, 그리고 얼마 동안은 보완에 보완을 거듭하게 될 것이지만, 그래도 그동안의 노력이 빛을 보는 것 같아 무척 뿌듯하고 보람을 느꼈다.

아트빌리지 내 주변 아파트와 어우러진 한옥

추운 겨울을 이겨낸 봄꽃처럼

김포한강신도시 내
학교문제 대안 찾아야

　지난해부터 부동산 경기가 활기를 띠면서 2017년 현재 김포한
강신도시도 얼어붙었던 분양시장이 좋아지고 공동주택 건설이 한
창이다.

　수도권 주변 신도시가 그랬듯이 도시가 완공될 쯤이면 발생하는
문제가 학교 부족 현상이었다. 기 조성된 수도권 인근의 화성, 양
주, 용인 등의 신도시들이 학교 부족과 과대, 과밀 학급 문제로 어
려움을 겪고 있듯 김포한강신도시도 예외는 아니다. 김포한강신
도시 내 입주가 지속적으로 이루어지면서 학교 부족 문제가 현실
이 되고 있다.

　발등에 불이 떨어져서야 움직일 것이 아니라 미리부터 대안을
찾아 안정적인 교육환경을 만들어가는 데 만전을 기해야 할 것이다.

　이와 관련하여 제173회 임시회 제2차 본회의에서 5분자유발언
을 통해 신도시 내 과밀학급 해소 위한 대안 마련을 촉구하였다.

신도시 내 학교문제 5분자유발언

김포한강신도시 조성이 마무리 단계라고는 하지만 총 입주 예정 56,653세대 중 3만4천여 세대가 입주하였고, 앞으로 2만3천여 세대가 더 입주할 예정이다.

현재 신도시 내 기존 학교를 비롯해 기 개교한 학교와 개교예정 인 초등학교는 13개교, 중학교는 8개교, 고등학교는 6개교이다.

그러나 초등학교의 경우 LH와 교육청의 학생 수요예측이 빗나 가는 바람에 일부 초등학교의 경우 과대 과밀 학급, 학교가 되면 서 학습환경이 나빠지고 있다는 지적이 있다.

이들 학교에서는 교수학습과정에 필요한 특별교실을 보통교실 로 전환해 사용하는 것도 모자라 증축을 해야 하는 상황이 만들어 지면서 교육의 질 저하도 우려되고 있다.

추운 겨울을 이겨낸 봄꽃처럼

2동의 운유초등학교의 경우 학생 수가 포화상태에 이르자 특별교실을 모두 보통교실로 전환해 사용하고 있고, 장기동 가현초등학교의 경우 특별교실 전환은 물론 14개 교실을 증축해 사용하고 있다.

운양동 하늘빛초등학교의 경우 올 입주 예정인 한신휴와 반도 6차 1,124세대 368명의 학생들을 감안하여 13개 교실 증축에 대한 예산을 도로부터 편성받은 상태이다. 설계와 공사 등으로 1년여는 소요될 것으로 보인다.

운양동 청수초등학교의 경우 학교 주변으로 올 연말과 내년 초 공동주택 입주를 앞두고 있고, 학군 내 학생 수가 해마다 늘어나면서 문제는 더 심각하다. 특별교실 중 컴퓨터 교실 1개를 제외하고 모두 보통교실로 전환해도 증축이 불가피하지만 아직 뚜렷한 증축계획을 세우지 못하고 있다.

공동주택으로 둘러싸인 청수초등학교의 경우 완성학급은 42학급이나 현재도 46학급으로 이미 과대, 과밀 학교가 되었으나 인근의 공동주택이 계속 지어지고 있어 증축이 불가피한 상태이다. 하지만 학교부지가 좁고, 완성학교로 건립되다 보니 증축이 어려운 실정이다. 사정이 이렇다 보니 청수초등학교 인근에 입주하게 될 공동주택의 학생들의 예상 배정 학군은 주거지에서 멀어질 수밖에 없다.

내년 초 입주 예정인 이랜드 130여 명의 초등학생의 경우 청수초등학교를 바로 앞에 두고 왕복 8차선 대로를 두 번이나 횡단하고 1.2km 떨어진 고창초등학교를 다녀야 하는 상황에 놓여 있다. 이랜드 입주 예정자들은 예상 배정 학교를 알고는 있겠지만 이 같은 현실을 받아들이기란 쉽지 않을 것 같다.

올 연말 입주 예정인 에일린리버 120여 명의 학생들도 500m 이내 청수초등학교를 두고 8차선 대로를 횡단해 800m 떨어진 푸른솔초등학교로 등하교를 해야 하는 실정이고, 푸른솔초등학교도 기존 특별교실을 보통교실로 전환해야 하는 상황이다.

장기동 KCC 2차와 롯데(뉴스테이)의 2,200여 세대가 내년 3월과 10월 입주 예정안에 500여 명 학생들의 예상 배정 학교인 운양초등학교의 경우 8개 학급이 부족하지만 48 완성학급으로 지어져 증축이 불가능한 상태이다.

운양동 내 3개 초등학교 모두 곧 학생 수가 포화상태에 이르게 될 것이 예상되나 현재 교육부는 "중앙투자심사 방향상 운양동 내 초등학교 신설은 불가능하다."라는 입장이다. 이와 같은 상황은 공동주택 건설이 한창인 구래동도 크게 다르지 않다는 것이다.

학교 부족 문제는 초등학교에 그치지 않고 향후 중학교, 고등학교까지 이어질 것이라는 전망이다.

이 같은 우려로 지난 토요일 운유초등학교 시청각실에서는 도교육청 학교지원과 학생배치 담당 공무원이 참석한 가운데 고등학교 설립을 위한 주민설명회가 개최되었다.

신도시 내 신설예정 고등학교는 2동 운유초 인근 운일고와 구래동의 양산고 부지가 있지만 현재 학생 수요가 적다는 이유로 건립 시기는 아직 미정이다.

이날 설명회에서 도교육청 관계자는 "비평준화지역인 김포는 전체 고등학교 정원 대비 학생 수를 감안해야 해 학생배치 기준을 따르고 있어 신도시 내 고등학교 신설은 한강신도시 내 4개교 완성정원보다 일반고 진학예상 학생 수가 400명 이상 많아지는 2022년 이후에나 중장기 학교설립 계획 반영을 검토하게 될 것이다."라고 말했다. 그러면서 "초·중학생 수 파악과 중학교 진학 경향을 분석하고, 고등학생 배치여건을 지속적으로 검토해 나가겠다."라고 설명했다.

그러나 주민들은 "현재 학생 수 대비 신도시 내 고교 정원은 2020년부터 800명 이상 넘어서기 때문에 2022년 고등학교 신설계획은 늦다."라고 주장하고 "도교육청 학생배치 통계기준이 인구유입이 급격히 늘어나는 한강신도시 상황과는 맞지 않을 수 있다."라며 정확한 학생 수요파악이 필요하다는 의견을 전달하였다.

이 밖에 이날 설명회에서 제기된 내용을 정리하자면 다음과 같다.

▲ 도교육청 학생배치 기준통계와 주민들의 한강신도시권역 고교 입학시점 지원대상 학생 수 현황이 차이를 보이는 만큼 토론회를 열어 이견을 좁히고 대안을 찾아야 한다.

▲ 신도시 내 초등학교 학생배치 계획도 수요예측이 잘못돼 학교 부족 사태를 초래하고 있다. 이 같은 현상은 중·고등학교에도 변수로 적용될 수 있으니 교육청의 학생배치 통계자료에만 의존하지 말고 정확한 진단을 해야 한다.

▲ 인구가 감소해 학교 건립이 소극적일 수밖에 없다고는 하나 도교육청의 현재 고등학교 학급당 학생 수는 32명을 기준으로 하고 있다. 그러나 OECD 기준 25명과는 차이가 있다. 김포는 인

구가 지속적으로 증가하는 추세고 앞으로 OECD 기준을 따라가려면 고등학교 건립 시기를 2022년 이후로 보는 것은 무리가 있다.

▲ 많은 인구가 유입되면서 특성화 고등학교를 희망하는 학부모들도 늘어나고 있다. 현재 관내 미달인 학교의 경우 학과개편을 통해 예술고나 특성화고로 전환해 외부로 나가는 학생들을 줄이는 것도 필요하다.

▲ 학교부지로 오랜 기간 방치되어 관리가 안 되고 있는 학교부지를 주차장 등으로 활용하는 방안 등 다양한 의견이 나왔다.

무엇보다도 먼저 신도시 내 초·중·고 학생수요를 제대로 조사하고 철저한 학생배치 계획을 통해 입주 시기에 맞춰 차질 없이 교실이 증축될 수 있도록 도교육청과 협의해 나가야 할 것이다. 고등학교 신설의 경우 도교육청과 신도시 주민들의 견해 차이가 큰 만큼 소통을 통해 문제해결에 나서야 할 것이다.

과대, 과밀 학교가 좋은 교육환경일 리는 없다. 교육환경이 좋지 않으면 유입되었던 인구는 빠져나갈 수밖에 없을 것이다.

학교부족 문제는 단순히 학부모와 학생, 교육청만의 문제로 볼 수 없다고 생각한다. 지역주민의 일이기 때문에 지역사회가 관심을 가지고 적극적으로 해결해 나가야 할 중요한 문제이기 때문이다. 더 늦기 전에 문제해결을 위해 정치권과 시, 교육공무원 모두 힘을 모아야 할 것이다. 7대 김포시의회 개원 이후 신도시 내 은여울초가 2019년 3월, 구래초가 2020년 9월 개교하였으며, 마산중 2022년, 운양1초·중, 운일고가 2024년 개교를 앞두고 있다.

특색 있는
도서관 건립 추진을 바라며

2017년과 2018년은 의정활동과 현장점검, 선거 등으로 무척 바쁘게 보냈다.

2017년 3월에는 유니버설 디자인을 포함한 김포시 공공디자인 진흥에 관한 조례를 지난 175회 임시회에서 발의, 제정하였다. 동 조례는 공공디자인에 관한 상위 법률이 제정되면서 위임된 사항을 지자체 조례로 만들어야 했는데 나는 거기에 유니버설 디자인(이하 유디)에 관한 조항을 더 포함시켜 제정하였다. 유디는 연령, 성별, 장애여부, 체격, 능력, 계층, 인종, 개성 등에 의해 가지는 여러 가지 특성이나 차이를 넘어 모두가 안전하고 쾌적하게 환경을 이용할 수 있게 하려는 구체화한 디자인을 말한다. 한마디로 모든 환경을 누구나 사용하기 쉽고 편하게 디자인하는 것이다. 앞으로 지어지는 공공시설물은 유디를 반영하게 될 것이고, 기존 공공건물도 유디에 맞게 개선해 나감으로써 모든 시민이 사용하기 쉽고 편한 환경을 만들어 갈 것이다.

5월에는 준공을 앞둔 아트빌리지 현장점검을 나갔다. 지난 2월 운양동에 공사 중인 아트빌리지가 기본계획에 충실하게 지어지길 바라며 의회에서 5분자유발언을 통하여 언급한 바 있다.

3개월이 지난 현재 주무부서인 문화예술과를 주축으로 한 T/F팀은 민간자문단의 자문을 듣고 LH와 협의를 통해 많은 부분을 개선해 나가고 있다. 현장점검을 나가니 이미 공사가 끝나 되돌릴 수 없는 부분도 있고, 진행 중인 것도 있고, 앞으로 해야 할 것도 보였다. LH는 아트빌리지를 5월 말 준공할 계획이고, 시는 하반기 건축, 설비, 전기, 소방, 조경 등 인수를 거쳐 개관을 계획하고 있다. 하나라도 더 잘 갖출 수 있도록 끝까지 관심을 갖고 조율해 나갈 것이다.

또 많은 분들 덕분에 경기도 시·군의회의장협의회 의정활동 우수의원 시상식에서 최우수의원상을 수상하는 영예도 안을 수 있었다. 앞으로 더 열심히 의정활동을 하라는 뜻이리라.

경기도 시·군의회의장협의회 우수의원 선정

6월에는 제176회 정례회에서 중증장애인 자립생활지원 조례, 북한이탈주민 정착 지원에 관한 조례, 청소년근로자 인권보호 조례 일부개정 등 3건의 조례를 제·개정하였다.

중증장애인 자립생활지원 조례는 중증장애인이 지역사회의 일원으로 자립하여 생활할 수 있도록 행정적 재정적 지원을 통해 인간적인 삶과 권리를 보장하고자 하는 사항으로 해당 단체들과 조문 하나하나 논의해 가며 안을 만들고 준비를 한 결과 별 무리 없이 통과되었다.

북한이탈주민 정착 지원에 관한 조례안은 정왕룡 의원님과 공동 발의한 조례로 그동안 법령에 의해 북한이탈주민을 위한 지원은 있었지만 김포가 평화문화도시를 표방하고 있는 상황에서 별도의 조례가 없었던 터라 이번 조례 제정을 통해 북한이탈주민들이 지역 사회 적응과 지역사회의 일원으로 정착할 수 있도록 지원하고자 하는 것이다.

청소년근로자 인권보호 조례 일부개정 조례안은 청소년근로자를 청소년노동자로 바꾸는 개정안으로 노동이라는 단어가 경시되는 사회적 분위기를 개선하고자 법적 용어를 제외한 근로라는 용어를 노동으로 전환하고자 하는 내용으로 개정하였다.

12월에는 중증장애인의 자립생활에 도움을 주고, 장애인 인권교육, 비장애인의 인식개선을 위해 올해도 열심히 달려온 하나장애인자립생활센터에 방문하였다. 하나장애인자립생활센터가 12일 올 한 해 업무보고를 하면서 나에게 장애인 '자립생활기여상'을 주셨다. 올해 중증장애인자립생활지원 조례를 제정해 상을 주신 듯하다. 실제 도움이 되는 조례가 될 수 있도록 함께 논의하고 소통했던 일들이 기억난다. 내년에도 파이팅!

중증장애인 자립생활 지원 조례 제정 이후 받은 자립생활기여상

이와 더불어 김포시민들의 건강한 식생활 문화 조성을 위해 '식생활 교육 지원' 조례를 제정하였다. 내가 발의한 이 조례안은 시민 식생활 개선과 전통 식생활 문화의 계승·발전 등을 위한 시책 수립과 실천을 위한 시장의 책무를 담고 있다. 식생활에 대한 시민 인식을 높여 식생활 개선과 전통 식생활 문화 계승발전은 물론 농·어업과 식품산업을 발전시키는 계기가 될 것이다. 앞으로 이와 관련된 지역사회 단체 및 시민들의 의견을 반영해 실생활에 도움이 되는 조례가 되도록 노력해 나갈 것이다.

운양동 민생현장

2018년 들어서는 연초부터 민생현장 방문에 나섰다.

첫 번째로 방문한 곳은 장기본동이다. 장기본동 운곡마을회관에 20여 분의 어르신이 모이셨다. 신도시 조성 이전부터 사용하던 오래된 마을회관과 경로당. 화장실이 밖에 있어 많은 불편을 겪고 계셨다. 또 장기29통 자전거도로는 상태가 불량해 재포장이 필요해 보인다. 이밖에 마을 앞 음식물 쓰레기통 설치와 현황도로 재포장, 마을버스 노선도 필요하다고 하셨다. 신도시 인근 자연마을로 아직 농사를 짓고 계신 분들이 많은데 농작물 부속물 처리가 어렵다며 신경 써 달라 하셨다. 시간이 걸려도 꼭 챙겨드릴 것이다.

영하 15도의 강추위 속에서 두 번째로 방문한 곳은 운양동이다. 운양6통~현재 공사 중인 KCC 주변 국도 우회도로 아래로 신도시 조성 전부터 마을과 논이 이어질 수 있도록 통로박스가 있었는데 이제 논에 아파트가 들어서면서 통로박스는 무용지물이 되고, 우범지대가 될 우려가 있어 막아달라는 민원이었다. 통로를 막게 되면 이곳은 도로관리에 필요한 자재 창고로 활용해도 좋을 것 같다. 아직 지구대가 없는 운양동의 주민 안전을 위해 365일 방범활동을 하고 있는 자율방범대. 1년 넘게 초소 마련에 어려움을 겪고 있는데 이번에는 특단의 노력이 필요할 것 같다.

세 번째로 방문한 곳은 구래동이다. 추운 날씨임에도 구래동 민생현장에 많은 단체장님들께서 나오셨다. 구래동의 중심 이마트 앞. 이용자가 많은 곳이라 X교차로를 원하시는데 유독 이곳은 경찰서 협의가 안 된다. 심의위원들께서 역민원을 고려해 안 된다고 하는데 보행자 중심의 신호체계라면 안 될 이유가 없는데 왜 여기만 안되는지 이해가 안 된다. 지역의 오랜 숙원 사업을 이번에도 건의해 주셨다. 또 육교와 늘 그늘진 곳에 제설 적재함 설치와 인근 음식물처리업체에서 발생하는 악취 문제, 주상복합단지 내 쓰레기 배출 장소 마련, 상업지구 내 불법유해광고물 단속 등 구래동 단체장님들께서 내 단체, 내 주변보다 구래동 전체에 관심을 가지고 주민들의 안전과 편의를 위해 건의해 주셨다. 끝까지 관심 가지고 하나하나 추진해 나갈 것이다.

2월에는 내가 늘 생각해 오던 '특색 있는 도서관 건립 추진'에 관하여 제182회 임시회에서 5분자유발언을 하였다.

2018년은 지난 2003년부터 시작된 김포한강신도시가 3월 아트빌리지 개관, 11월 도시철도 개통을 끝으로 거의 모든 기반시설이 마무리되는 해이다. 2011년 최초 입주가 시작된 한강신도시는 현재 113,000여 명이 입주해 김포에서 생활하고 있으며, 앞으로도 37,000여 명이 더 입주할 것으로 예상된다.

신도시는 현재 기본적인 기반시설만 있을 뿐 편의시설은 아직 많이 열악한 상태이다. 많은 입주민들이 불편을 느끼는 것 중 하나가 문화·복지·교육시설 인프라 부족이다. 특히 도서관 건립은 이제 신도시 주민들의 숙원사업이 되었다. 그런데 신도시 입주가 시작된 지 6년이 넘도록 한 개의 도서관도 건립되지 못하고 있다. 2008년 15,000여 명이 입주한 장기택지를 포함하면 신도시 주민들이 도서관 없이 지낸 것은 약 10년째이다. 김포한강신도시에 도서관 하나 건립하는 데 10년이 걸린 셈이다.

LH가 기부채납을 약속했던 장기도서관은 2011년 10월 감사원 시정요구로 건립이 취소될 위기에서 국·도비 지원을 약속하고 우여곡절 끝에 6년 만에 착공했으나 그마저 공사 중 수도관 파열로 공사가 지연되면서 개관 시기가 올 상반기에서 연말로 늦어졌다는 안타까운 소식을 시민들께 전해야만 했다.

현재 김포시는 인구수에 비해 도서관이 턱없이 부족하다. 김포시의 도서관 인프라는 도내 30위, 도서관당 인구수는 133,000명으로 경기도 평균 56,000여 명의 두 배가 많다. 1인당 장서 수도 1.44권으로 도내 29위이다. 김포시의 도서관 인프라는 최근 몇년간 제자리걸음을 해 왔기 때문에 매년 행정사무 감사 때마다 의원들의 같은 지적이 되풀이될 수밖에 없었다.

그나마 올 3월 고촌, 12월 장기와 내년 5월 풍무도서관 등 세 곳이 개관을 앞두고 있어 희망적이라고 할 수 있다. 또한 신도시 공원 내 부지를 기 확보한 마산도서관과 운양도서관 두 곳이 2월 공유재산 관리계획과 3월 지방재정투자 심사를 계획 중이어서 신도시 내 도서관 확충이 예정대로 이루어질 수 있을 것으로 보인다.

요즘 도서관은 단순히 책을 읽는 기능에서 벗어나 가족 중심의 문화체험공간으로 거듭나고 있다. 우리 시에 앞으로 지어지는 공공도서관도 기존의 딱딱한 분위기를 벗고 특색 있고 특별한 도서관으로 지어지길 희망한다.

도서관은 조용해야 한다는 기존의 틀을 깨고 사람들이 많이 모이는 쇼핑몰, 호텔 한가운데 도서관이 만들어지기도 한다. 영화관, 수족관, 쇼핑몰로만 기억되던 코엑스 몰은 쇼핑과 문화가 어우러진 복합 휴식공간인 별마당도서관이 생기면서 핫 플레이스로 유명세를 톡톡히 누리고 있다. 조용한 도서관이 아닌 시끌벅적한 쇼핑몰 한가운데 거대한 벽면서가(壁面書架) 아래에서 독서에 빠져 보고 싶다는 사람들이 많아지고 있다.

또 건물 내부에 무성한 화초와 식물로 마치 자연에서 독서하는 기분을 느낄 수 있다는 네이버 그린팩토리도서관. 고급스러운 시설과 아름다운 뷰로 최근 주목받고 있는 부산의 힐튼호텔. 그 한가운데 자리한 여행 관련 전문도서관 이터널저니. 8m 높이의 거대한 책장과 24시간 개방, 매달 진행되는 북 콘서트와 인문학 강의, 게스트하우스 지지향으로 유명한 파주 지혜의 숲. 텐트 안에서 책도 보고 별도 보고 캠핑과 독서를 결합한 오산의 꿈두레도서관 등등.

이들 도서관은 단순히 독서 외에 볼거리·체험거리들로 많은 사람들을 유혹하고 있다. 우리나라의 대표적인 특별한 도서관으로 손꼽히면서 가보고 싶고 머물고 싶은 문화공간으로 유명세를 타고 있다.

특별하고 특별한 도서관, 우리 시에도 이제 이런 도서관 하나쯤은 있어야 하지 않을까?

새로 생길 마산도서관이나 운양도서관을 특별한 도서관으로 지금부터 준비해서 건립해 보는 것은 어떨까?

이번 조직 개편에서 도서관 신설에 대해 모든 의원들이 공감을 표현했지만 다른 이유로 가결되지 못해 아쉬움으로 남는다. 추후 조직 개편에서 이 같은 점을 고려해 도서관 관련 부서를 과나 사업소로 분리해서 도서관 업무를 관장하게끔 해주길 바란다.

도서관이 차질 없이 건립되고 효율적으로 운영되는 것은 물론, 특색 있고 특별한 도서관 준비에도 만전을 기해 줄 것을 당부한다.

새삼 시민과 함께한 4년간의 의정활동을 뒤돌아보니 감회가 새롭다.

초선의원이었던 5대 때도 그랬지만 이번 6대 때에도 김포시 최초 여성 부의장으로서 시민의 행복을 위하여 섬세하고 따뜻한 의정활동을 펼치려 노력해 왔다. 약자의 목소리를 조례에 담고, 신도시 기반시설 확충을 위해 발로 뛰고, 항상 시민과 소통하며 시민의 의견을 경청하고자 노력하였다.

장애인복지관 봉사활동

공동육아 현장

추운 겨울을 이겨낸 봄꽃처럼

지난 4년간 신도시 랜드마크인 수(水) 체계 용수공급 문제를 처음 제기하였고, 아트빌리지에 애초 계획된 시설물이 변경됐다는 사실을 공론화하여 개선책을 이끌어 내기도 하였다.

젊은 워킹맘들의 입장에 서서 공동화장실 조도 상향 및 수유실 설치, 보행로 바닥재 교체 등 여성친화 도시기반 보강에 최선을 다하였고, 신도시 과밀학급 문제에 지역사회가 힘을 모아야 한다고 의회에서 최초로 발언하기도 했다. 특히 장애인어린이집에 놀이터를 건립했던 것이 무척 보람 있었다.

그동안 김포시가 성장하고 발전한 것처럼 나 역시 김포와 함께 커가고 있다. 이 또한 더없이 고맙고 행복한 일이다. 앞으로도 행복한 김포의 미래를 만들기 위하여 나에게 주어진 책임과 의무를 다할 것이다.

4
Chapter

신명순이 꿈꾸는
행복한 김포의 미래

❋ 부드러운 카리스마, 김포 최초의 여성 의장이 되다

❋ 소통하는 의회, 일하는 의회, 친구 같은 의회

❋ 견제를 넘어선 '협치'

❋ 젊은 도시 김포,
　부족함이 있기에 더 나은 것을 채울 수 있다

❋ 코로나19를 이기는 백신

❋ 김포시의회만의 능동적 의정활동, 정책토론회

❋ 도전하고 준비하면 이룰 수 있다

❋ 시민을 섬기는 유약겸하(柔弱謙下)의 자세로

❋ 오늘도 쉬지 않고 전력질주, 일산대교와 GTX-D

❋ 발로 뛰는 의정활동

❋ 도시의 철학이 담긴 김포만의 여성친화도시

"지도자라면 무엇을 할 것인가를
명확하게 보여야 한다.
그러면 국민이 따라온다."

– 마가렛 대처 –

부드러운 카리스마,
김포 최초의 여성 의장이 되다

민선 6기 활동을 마감하면서 여러 생각이 교차하였다. 많이 아쉽기도 하고, 스스로에게 잘했다고 칭찬해 주고 싶기도 하다.

2018년 본예산 심의에서 논란이 되었던 고교무상급식 단계적 지원이 무산되고 1회 추경에서 전 학년 70%만 통과된 부분은 무척 아쉽다. 8억여 원의 예산을 들여 만들었으나 시민 활용도와 관심도가 낮아 3년 만에 폐지된 시민주도형 스마트타운 플랫폼 사업, 여성친화도시 선정 이후에도 김포만의 특색 있는 여성친화사업을 하지 못한 점 등은 아쉬움이 많이 남는 사업들이다.

반면 신도시 시의원으로서 장기도서관 건립 시 LH 자금 부담을 끌어낸 것과 금빛수로 문제점 제기로 개선점을 찾은 것, 한강신도시의 과대과밀학교 문제를 지역사회문제로 이슈화시켜 대안를 찾고 있고, 아트빌리지 기본시설 확충 요구를 통해 조금 더 나은 아트빌리지를 만들어 내는 등 부족하나마 신도시 전체 기반시설 확충을 위해 발로 뛰었다.

편의시설이 부족했던 호수공원에 의자와 그늘막 설치, 장애인 전담 어린이집 놀이터 설치, 구래동 주민자치 나눔 냉장고와 푸드뱅크 연결, 허산 체육시설 설치, 건설현장 주민들과의 간담회를 통해 갈등 해결, 공동주택 입주민들의 입주 전 하자민원 해소를 위해 노력해 왔다.

또한 생활임금 조례, 중증장애인 자립생활지원 조례, 식생활교육지원 조례, 사회적경제제품 구매촉진 및 판로지원에 관한 조례 등 약자의 목소리를 조례에 담으려 했다.

3선에 도전할 때는 2선 때와는 달리 당연하게 이 일을 계속해야 겠다는 마음가짐이었다. 다만 도의원에 도전할 것이냐, 3선 시의 원에 도전할 것이냐에 대한 고민은 있었다. 그러나 도의원에 대한 생각보다는, 지역 주민 가까이에서 생활정치를 좀 더 해야겠다는 쪽으로 마음이 기울었다. 지난 8년간 쌓아온 의정 노하우를 토대로 기초의원에서 좀 더 활동하는 것이 나에게 더 잘 맞는 일이라고 생각했기 때문이다.

2018년 3월 23일 제7회 전국동시지방선거 김포시의회의원선거 라선거구 예비후보 등록을 마쳤다. 두 번째 치르는 내 선거. 예비후보 등록을 마친 후 명함을 만들고, 현수막을 제작해 사무실 건물 외벽에 붙이니 제법 선거사무실 분위기가 난다.

2018 공보물

나는 '1등 신도시를 향한 신명 나는 도약'이라는 슬로건으로 이 번 지방선거를 준비하였다.

교육하기 좋은 1등 신도시를 위해 혁신교육지구 지정 추진과 안 전한 통학로 조성을 위해 노력할 것이다.

더불어 함께 사는 1등 신도시를 위해 육아공동 나눔터 확대와 마을버스 준공영제 도입 추진, 장애인 재활치료실 확대, 장애인학 교 및 학급에 특수교육지도사 배치 확대, 금융상담복지센터 운영 도 추진할 것이다.

독서로 소통하는 1등 신도시를 위해 운양·마산 도서관을 특색 있는 도서관으로 추진해 볼 것이다. 공동주택 내 미니문고와 북카페 설치, 독서교사 및 사서 지원도 확대해 나갈 계획이다.

스포츠복지로 신명 나는 1등 신도시를 위해 공원, 유수지 시설을 활용한 공공체육시설 확충 등 체육시설 인프라 확충에도 노력할 것이다.

품격 있는 1등 신도시를 위해 신도시 내 도로변, 공공시설 울타리 등에 꽃길 조성, 수체계 팔당원수 유입으로 안정적인 물 공급 완성, 운양동의 도서관~문화의 거리~아트빌리지~생태공원을 연결하는 관광문화벨트 조성, 구래동 주민과 함께 만드는 문화의 거리 조성, 장기본동 걷고 싶은 금빛수로변 조성을 위해 노력할 것이다.

또한 김포시에 걸맞은 여성정책으로서 육아 공동 나눔터 확대를 통해 육아와 일자리를 해결할 수 있도록 하고, 성폭력과 가정폭력으로부터 보호받을 수 있는 상담소 지원 확대, 여성친화적인(가로등 밝기, 걷기 편한 길, 수유실 설치 등) 거리, 공원 조성과 안심 귀갓길 확대, 경력단절 여성 일자리 확보에 노력할 것이다.

5월 11일 선거사무소 개소식을 갖고 본격적인 선거전에 뛰어들었다. 정말 많은 분들이 오셔서 축하해 주시고, 응원과 격려를 해 주셨다. 그 기운을 받아 끝까지 열심히 뛰고 필승할 것이다.

신벤저스가 되어 김포를 신명 나게, 신도시를 1등으로 만드는 데 최선을 다할 것이다.

선거사무실 개소식

심민자 도의원님과 유니폼 나온 기념으로

작은오빠가 열심히 선거운동 하라며 사준 신발

추운 겨울을 이겨낸 봄꽃처럼

더욱이 내 정치인생에 멘토가 되어주시고 5대 비례대표 제안을 해주신 존경하고 사랑하는 심민자 선배님과 동반 출마하게 되어 더 뜻깊다. 바라건대 선배님은 도의원으로, 나는 시의원으로 함께 의정활동을 하고 싶다. 이 무렵에는 단순한 희망사항에 불과했지만 놀랍게도 이 꿈은 실제 현실로 이루어졌다. 축하합니다, 선배님!

본격적인 선거운동에 돌입하기 전, 친오빠가 꼭 당선되라며 파아~란 운동화를 선물해 주었다. 항상 든든한 힘이 되어주는 가족들! 새 신을 신고 더 열심히 뛰어야겠다. 오빠, 고마워!

한 분의 시민이라도 더 만나 뵙기 위하여 오빠가 사준 운동화가 닳을 때까지 열심히 발로 뛰었다. 무엇보다 13일간 오롯이 또 다른 내가 되어 함께 해준 운동원분들과 바쁘신 와중에도 기꺼이 지원유세를 나와주신 이재명 도지사님과 김두관 의원님. 고맙고 또 고맙습니다.

이재명 도지사후보와

눈높이를 맞춰 경청

그리고 선거운동 기간 만나 뵌 시민들께서 주신 성원과 격려, 질타와 비판 모두 겸허히 받아 앞으로 성장의 밑거름으로 삼을 것입니다.

2018년 6월 14일 결과가 나왔다. 시민들께서 아낌없이 보내주신 성원에 힘입어 김포시 최초 여성 3선 시의원에 당선된 것이다. 더불어 김포시의회 최초로 여성 의장으로 선출되었다.

나는 이로써 김포시 최초 민주당 여성 비례대표로 시작하여 김포시 최초 민주당 지역구 여성 시의원, 김포시 최초 여성 부의장, 김포시 최초 여성 3선 시의원에 이어 최초 여성 의장직까지 맡는 기록을 갖게 되었다.

김포시 최초 여성 의장. 여성 중에서는 처음 가보는 길이라 어떨지 앞으로의 일들이 궁금하고 기대가 된다. 정치를 하고 있는 또는 정치를 꿈꾸는 여성에게 길잡이가 될 수 있도록 체계를 잘 잡아갈 것이다. 물론 가장 중요한 것은 남성, 여성을 떠나 의장의 역할을 잘 수행하는 것이리라.

앞으로는 '최초'라는 수식어 기록에 그치지 않고 역사에 남을 기록을 쓰는 시의원이 될 것이다.

여러분의 성원에 보답하기 위해서라도 반드시 "살기 좋은 신도시, 1등 신도시를 만들겠다"라고 선거 기간에 수없이 외쳤던 말들을 마음 깊이 새기고 열심히 일할 것이다.

시민 여러분, 항상 시민과 함께하는 시의원이 되겠습니다. 지켜봐 주시고 격려해 주십시오.

1등 신도시를 향한 마음

소통하는 의회, 일하는 의회, 친구 같은 의회

2018년 7월 2일 제7대 김포시의회가 개원하였다. 열두 분의 의원님의 만장일치로 의장, 부의장, 상임위원장까지 원구성을 무리 없이 마쳤다.

일부 언론에서 제7대 김포시의회가 7:5 비율로 민주당이 우세한 상황에서도 일찌감치 협치의 원구성 합의를 해 일명 '협치 시의회'의 모범이 되었다는 기사가 나기도 했다. 지난 6월 25일 당선인 오리엔테이션에서 의장, 부의장, 상임위 3석 중 민주당이 3석을, 자유한국당(현 국민의 힘)이 2석을 각각 맡는 데 전격적으로 합의하는 데 성공했기 때문이다.

지난 6대 후반기 시의회의 경우, 전반기 5:5의 균형이 깨지고 보궐선거 이후 새누리당(현 국민의 힘)이 6:4로 다수당이 되자 새누리당은 전반기의 원구성 합의 약속을 깨고 독식을 시도해 의회가 파행했었다. 그래서 더욱 이번 7대 김포시의회의 협치 결단이 더욱 빛을 발하였다.

이와 관련하여 "어떻게 다수당이면서 이런 결단을 내릴 수 있었나?"라는 질문을 받곤 한다. 의장으로서 나는 우리 쪽이 다수당이 되면 협치를 통해 자리를 잘 나누고, 이번을 계기로 더 이상 자리 싸움은 하지 않기를 바랐다. 시민들께서는 정치인들이 자리를 놓고 서로 싸우는 모습을 볼썽사납게 생각한다. 나도 그것이 싫었다.

일각에서는 이번 6.13지방선거에서 민주당이 대승을 거두면서 시집행기관의 독주나 시의회 견제기능이 약화되는 것 아니냐는 우려도 있는 것으로 안다. 그러나 김포시 집행기관이 잘못했을 때나 못하고 있을 때 시 집행기관을 견제하는 것이지, 잘하고 있을 때는 도와줘야 하는 것이 의원의 역할이라고 생각한다. 김포시 최초 여성의장을 맡아 그 책임감으로 어깨가 무겁지만, 김포시의회의 새로운 역사를 써 내려가기 위해 내가 할 수 있는 최선을 다할 것이다.

7대 김포시의회 개원식

내 경험상 지난 8년간의 의정생활을 뒤돌아보면 가장 중요한 것은 '소통'이었다. 민선 7기는 집행기관과 조금 더 소통해 가며 시민의 행복을 위해 일하는 의회가 되도록 노력할 것이다. 제대로 된 의정활동으로 시민의 신뢰를 쌓는 든든한 의회가 될 수 있도록 노력할 것이다.

나는 개원사를 통해 "김포시의 발전을 위해서 집행기관과 머리를 맞대고 소통하며 상생의 관계를 맺을 것이다. 시민의 뜻을 온전히 투영하고, 함께하는 사회, 행복한 미래를 열어가는 김포시의회가 되도록 열심히 나아가겠다."라고 언급하였다.

즉 의원들과의 협치와 시민들과의 소통이 답이다. 내가 의장으로서 독단적으로 할 수 있는 것은 없다. 독단적으로 한다고 해도 말이 나오고 싸울 수밖에 없으므로 그렇게 되기 전에 잘 협의하여 사전 조율을 할 것이다. 그렇게 해야만 의회에서 서로 싸우지 않고 시민들만 바라보고 갈 수 있는 구도가 마련될 것이라고 생각한다. 의원들끼리 싸우면 일이 되지 않고 불필요한 에너지만 낭비되지 않겠는가.

집행기관 업무보고를 위한 임시회 개회를 시작으로 본격적인 의정활동에 들어갔다.

의장으로서 여러 언론사와 인터뷰를 하였고, 지역구 의원님들과 공동주택 건설현장 민원 관련 간담회를 가졌다. 건설현장도 인근 주민들과 소통이 안 돼 불신을 쌓고 있는 모습을 보며 안타까웠다. 앞으로 소통하며 주민 피해를 최소화하겠다고 하니 지켜봐야 할 것이다.

이어서 정전협정 65주년 기념 '한강하구 뱃길 열어라!' 행사에 참여하였고, 소통행정을 위하여 민선 7기 시장님과 각 읍면동 기관단체장들과 자리를 같이하였다. 오랜 기간 해결되지 않고 있는 숙원사업이 대부분이어서 안타까웠다. 민선 7기에는 꼭 해결되기

LG헬로비전 인터뷰

를 희망해 본다.

또한 현장의 소리를 직접 듣기 위하여 도시철도 현장을 방문하였다. 김포도시철도는 내년 7월 개통을 앞둔 상태다. 철도사업단 관계자로부터 사업추진 현황에 대해서 보고를 받고, 양촌읍 차량기지에서 김포공항역까지 직접 시승해 시운전에 대한 현장점검을 실시하였다. 시의원들은 더 이상 도시철도 개통에 차질이 없도록 해줄 것과 각종 사고가 발생하지 않도록 안전관리에 더욱더 힘써줄 것을 당부하였다.

김포도시철도 전체 건설 공정률은 2018년 8월 현재 95%이며, 금년 8월 말까지 출입구 등 모든 노반공사가 마무리되면, 2019년 2월쯤이면 차량과 신호 등 모든 공종별 시험운행에 들어간다. 이후 5개월여간 종합 시험운행을 실시하여 7월에 개통예정으로 운행시간은 양촌역에서 김포공항역까지 28분이면 이동이 가능하다.

나는 초선의원이었던 8년 전부터 늘 발로 뛰는 현장점검을 중요시해왔고 현장민원에 적극적으로 대처해 왔다. 의장이 되어서도 예외는 없다. 직접 가서 현장의 소리를 들어야만 민원을 해결할 수 있지 않겠는가.

고촌 제1근린공원 인근지역 주민과 보름산미술관 관계자를 만나 각종 불편사항을 청취하였다.

찜통 같은 더위가 계속되는 가운데 김포에서 가장 핫한 곳 중 하나를 꼽자면 고촌 제1근린공원이라 할 수 있다. 일명 고촌 베이. 방학을 맞은 아이들로 수경시설이 작동되는 날이면 북적이는 곳이다. 상황이 이렇다 보니 아이들이 지르는 함성과 주차난으로 인근 주민들의 민원이 끊이지 않고 있다. 주민들은 아이들의 함성은 어쩔 수 없다 하더라도 도로와 인근 상가 주변에 피해를 주는 불법 주차 차량은 시에서 대책을 마련해 주었으면 한다고 불만을 토로했다. 김포 어디를 가든 주차난이 심각하다. 집행기관과 시의원, 그리고 시민들과 함께 머리를 맞대고 대안을 찾도록 할 것이다.

보름산미술관은 예술작품을 감상하고 마시는 차와 함께 대화 및 휴식할 수 있는 지역의 문화공간으로 자리 잡고 있다. 그러나 인접지역 신곡리 공동주택개발사업 영향으로 인해 미술관으로의 접근이 사실상 어려워지게 됨에 따라 시민들의 발길이 끊어지고 있는 실정이다. 이에 미술관 관계자는 공사업체에서 진입로 신설을 약속했으나 이행되지 않고 있으며, 진입로 주변 환경정비라도 깨

끗하게 해줄 것을 적극 건의하였다. 이 또한 조속히 시행될 수 있
도록 협력을 다할 것이다.

 어느덧 7대 의회가 출범한 지 6개월이 다 되어간다. 2018년 11
월 제189회 정례회를 열어 민선 7기 집행기관에 대한 첫 행정사
무 감사에 돌입하였다. 이번 행정사무 감사는 시 본청, 직속기관,
사업소, 출자·출연기관, 읍·면·동을 대상으로 소관 상임위원회별
로 실시되어, 시 집행기관의 업무추진 실태 및 예산집행 현황 등
에 대해 위원회별 강도 높은 감사를 하였다.
 이번 행정사무 감사는 민선 7기 집행기관에 대한 주요 현안 및
민원사항을 중심으로 꼼꼼히 체크하여 잘한 부분은 격려하고, 잘못
된 부분에 대해서는 날카롭게 지적해 시정을 요구하게 될 것이다.
 의원들이 집행기관에 주문하고 싶은 사항은 한 가지다. 팩트를
정확히 알려 달라는 것. 도시철도 지연과 관련해서도 숨기려고 한
것이 시민들을 더 화나게 만들었다. 또 하나님의 교회, 장례식장
등과 같은 민감한 허가사항은 사전에 주민의견을 듣는 공청회라
도 거쳤으면 문제가 커지지 않았을 것이다. 집행기관도 시민을 위
한 행정을 한다면 시민과 소통해야 한다.
 사실 아직까지도 의회를 어렵게, 혹은 멀게 느끼는 시민들이 많
다. 지난 6대와 달리 홍보 기능을 강화해 각 의원들의 의정활동을
홍보하고 의회의 기능, 현재 상황 등을 시민들과 충분히 공유할
생각이다.
 임기 내 중점 추진 과제와 전반기 의회가 해결해야 할 현안을 꼽

는다면 가장 먼저 김포의 균형발전을 들 수 있다. 출·퇴근 교통 불편은 물론 교육, 생활편의, 복지, 문화 등 많은 부분에서 신·구 도심에 비해 나머지 5개 읍·면은 관심에서 멀어지며 심각한 불균형을 이루고 있다. 해당 지역의 연령층이 높아 그동안 목소리를 내지 않았지만, 이제는 우리가 나서서 귀를 기울일 때라고 생각한다. 당장 어떤 발전을 약속하기보다 5개 읍·면 주민들을 위한 편의·문화, 교통, 교육 등 여러 방면에서 수준을 제고할 수 있는 기반을 다지기 위해 뛸 것이다.

불균형이 심각한 교육 분야에서는 과대과밀 학교 문제를 해결해야 하지만, 현실적으로 학교 신설이 어렵다면, 혁신교육지구 지정을 통해 교육환경을 개선해 나갈 것이다. 이 밖에 도시철도 개통이 지연된 만큼 시민 불편을 해소할 수 있는 대중교통 운영방안을 찾는 것이 시급하다. 마을버스 공영제를 통해 큰 틀에서 버스노선을 정비하는 것도 방법 중 하나다.

나는 모든 일의 기본은 성실이라고 생각한다. 5, 6대 8년간 의정활동을 펼치며 부지런하게 일한 것이 오늘날 3선 달성, 또 의장이 되는 영예를 안겨주었다. 앞으로도 변함없이 지역구 의원으로서 주민들과 가깝게 호흡하며 4년을 활동할 계획이며, 의장으로서 12명의 의원들 전체를 고려해 원만한 합의점을 찾고, 시민과 집행기관은 물론 내부에서도 가교 역할을 맡아 소통하는 의회, 일하는 의회, 친구 같은 의회를 만드는 데 주력할 방침이다.

견제를 넘어선
'협치'

2019년 새해가 밝았다. 설을 앞두고 바쁘게 움직이는 시민들께 거리 인사를 드렸고, 통진시장을 찾아 과일, 고기 등 물건도 사고 상인들과 함께 주차장 문제, 소상공인 지원, 재래시장 활성화 방안에 대한 이야기도 나누었다. 오늘 들은 시민들의 민원에도 지속적으로 관심을 갖고 해결점을 찾아나갈 것이다.

2월 들어서는 김포의 환경문제에 대한 릴레이 회의를 김포시의회에서 개최하며 본격적으로 문제해결에 나섰다.

지난 11일 모 방송매체를 통해 제기된 거물대리 환경오염 보도와 관련해 시의회는 13일 집행기관의 '환경개선 종합계획' 등을 보고받고 추진정책을 점검한 데 이어, 18일 의원 전원 회의를 열어 시의회 차원의 대응방안 마련에 의견을 모았다.

시의회는 우선 집행기관이 추진하고 있는 환경개선종합계획에 대한 면밀한 검증을 위해 매월 1회 추진사항 보고를 집행기관에 요청하고, 이를 토대로 보고된 내용이 제대로 이행되었는지 매월 2회 현장을 방문해 집중 점검하기로 하였다.

또한 환경오염 보도에 따른 지역농산물 가치의 하락을 우려하여 소비자가 신뢰할 수 있는 방안 마련에도 힘을 쏟기로 했으며, 20일(수)에는 시의원 전원이 거물대리 현장을 사전 방문해 유해배출업소 운영현황과 이에 따른 지역주민의 피해 상황을 사전 파악할 예정이다.

이어진 지난 15일 강설에 따른 제설추진 결과보고에서 시의원들은 미흡한 제설작업으로 인한 시민불편 사항과 문제점 재발방지를 위한 개선할 점을 집행기관에 주문했으며, 주요 개선 주문사항으로 자동염수살포장치의 추가확보 및 스마트폰 앱 활용 신속 운영, 신속한 장비 임차, 당직 근무자와 체계적인 연락망 연계, 사명감 있는 공직자의 의식 전환, 제설작업 우수 지자체 벤치마킹, 제설장비 계약업체 신속 대처 미흡 시 페널티 부과 검토, 문제점 및 대책 등 언론보도로 대시민 홍보 등을 요청하였다.

김포시의회는 지난해부터 시의회 중점적인 의정활동으로 환경문제를 다루고 있다. 계속하여 환경에 대한 주기적인 집행기관 업무 점검과 현장 확인을 충실히 이행해 나갈 것이다.

그리고 3월 시의회의 환경점검반이 본격 가동되었다. 시의원들이 3개 조로 나누어 한 달에 2번 현장을 점검하기로 협의하였고, 1조가 폐목재 처리 사업장(2개소)으로 출동하였다. 며칠 후에는 대곳면 거물대리 등 환경관리 대상지역을 찾아 2차 현장점검을 실시하였다. 1차 현장방문 시 지적되어 조치 요구했던 먼지 저감 및 작업장 밀폐 조치 여부 등에 대한 확인을 위해 1조 시의원들이 집행기관(환경지도과)과 함께 현장을 둘러보았다. 점검 결과 사업장별 출입문의 밀폐와 파손된 외벽 보수를 완료한 것을 확인하고, 파쇄기 살수시설 진입도로 보수와 건물 사이 개방된 공간의 밀폐 조치를 사업장별로 완료하기로 보고받았다.

현장에서 시의원들은 "2차 현장점검을 해보니 지난 1차 점검 때보다 문제 부분들이 일부 개선되었고, 3~4월 중 조치예정인 부분에 대해서도 조속히 완료될 수 있도록 노력해 달라"고 사업장 관계자와 집행기관에 주문하였다.

이어서 4월에는 지속적으로 민원이 제기돼 온 생활폐기물 자동집하시설과 하수관로정비사업이 진행 중인 사업장을 찾아 환경점검을 실시하였다. 나를 포함하여 4명의 의원이 구래동 상가지역을 찾아 크린넷 투입구에 쌓여가는 미처리 종량제 봉투에 대한 집행기관의 대책을 물었고, 현장을 함께한 시 집행기관과 운영업체는 "관로를 통해 지역별로 순차적으로 처리하다 보니 투입구에 쌓아놓고 가는 경우가 발생한다."며 "음식물 쓰레기 처리를 별도로 하고, 음식물 처리 투입구를 일반쓰레기 투입구로 사용해 처리 횟수를 늘리는 방안을 용역 중이다."라고 답변하였다. 이에 점검반은 "투입구마다 배출시간 안내판을 붙이는 등 주민 홍보와 계도로 쓰레기가 거리에 쌓이지 않도록 힘써 달라."며 격려의 말도 전했다.

이어진 2차 하수관로정비 민자사업(BTL)이 진행 중인 대곳면 현장에서는 대곶·통진 처리분구 등 시 전역에서 진행되고 있는 사업 현황을 들었다. 점검반은 "하수관로에 직접 연결된 후 남아있는 개인 가정의 기존 정화조 시설이 환경오염을 일으킬 수 있다."는 지적과 함께 "진행되고 있는 공사로 인해 주민 불편이 발생되지 않도록 안내에 힘써 달라."고 주문했다.

이날 점검을 마친 후 시의회는 앞으로도 환경개선을 위한 다양한 활동을 펼쳐 나갈 것이며 시 집행기관의 노력에 더해 주민분들도 쓰레기 배출시간 준수 등 생활환경 개선을 위한 실천을 이어간다면 큰 도움이 될 것이라며 관심을 가져줄 것을 당부했다. 김포시의회는 앞으로도 환경개선을 위한 다양한 활동을 펼쳐 나갈 것이다.

구래동 상가 내 크린넷 시설 운영 점검

김포도시철도의 안전한 개통을 위해 의원들이 조를 나누어 철도 점검반도 운영했다.

의원들은 철도시설관련 전문적인 지식이 없는 관계로 시민이 이용하는 데 있어 안전상의 문제인 ▲ 교통약자를 위해 설치된 엘리베이터 경사로 위치 ▲ 역사에 설치된 자전거 거치대 위치 ▲ 빗물받이 위치 ▲ 비상대피소 입구 경사도 조정 등을 지적하고 개선하도록 했다.

그러나 예상치 않게 도시철도 개통 한 달여를 앞두고 국토교통부로부터 "안전상의 이유로 공신력 있는 기관에게 추가 검증을 받고 결과를 보고하라."는 공문을 받아 부득이하게 도시철도의 개통을 연기하게 됐다.

김포도시철도는 2018년 11월 모든 공사를 완료한 후 12월부터 종합시험운행 절차를 시행하는 과정에서 직선구간을 75km/h 이상 운행 시 차량진동이 발생했다. 김포시는 급곡선 구간이 많은 데다 빠른 속도로 운행하는 도시철도의 특성으로 차륜에 편마모가 발생한 것을 원인으로 진단하고 차륜 삭정과 차량 방향전환을 통해 차량진동 현상을 기준치 내로 바로잡았다. 하지만 국토부는 공신력 있는 기관에게 김포시의 해결방안을 검증받으라고 했다.

이에 시는 한국철도기술연구원과 한국산업기술시험원 두 곳을 선정해 주행안전성 검증을 실시했고, 검증기간 동안 실무를 담당할 테스크포스(T/F)팀을 구성해 운영했다.

시의회는 김포도시철도 개통 지연 전반에 나타난 각종 의혹과 문제점을 조사해 밝히기 위해 7월 15일부터 8월 30일까지 47일간 '김포도시철도 개통 지연 조사특별위원회'를 구성해 진행했다. 우여곡절 끝에 김포도시철도는 2달여 만인 9월 28일 개통하게 됐다. 그러나 김포시민의 염원인 도시철도 개통이었음에도 당시 아프리카 돼지열병(ASF)이 발생했던 터라 확산 방지를 위해 대대적인 규모의 개통식 대신 행사 규모를 최소한으로 축소한 '김포도시철도 안전운행 기원식'으로 진행되었다. 이로써 역사적인 '김포 지하철시대'가 개막되었다.

도시철도 개통

제7대 김포시의회가 시민과 함께하는 든든한 의회를 만들기 위해 쉼 없이 달려온 지 1년이 되었다. 개원 1주년을 맞아 노인의료복지시설 봉사활동을 시작으로 기념식과 월례회의를 연이어 가졌다.

먼저 대곶면 소재 노인의료복지시설을 찾은 시의원 일행은 시설 전반을 둘러본 후 관계자로부터 운영상 애로사항을 청취한 후 시설 입소 어르신을 대상으로 간식식사 보조 등 봉사활동과 위문품 전달 등 나눔의 정을 실천했다.

봉사활동을 마친 후에는 시의회로 자리를 옮겨 의회사무국 직원들과 함께 개원 1주년 기념식을 갖고 지난 1년간 의정활동을 되돌아보았다. 남은 임기 동안 지역주민을 위해 더 낮은 자세로 열심히 뛰겠다고 다짐하였다.

김포시의회는 지난 1년 동안 교통문제와 환경문제를 중점적으로 살펴 왔다. 긍정의 목소리보다 질타받은 부분을 겸허히 받아들이고 개선할 부분은 개선하며 앞으로의 의정활동을 이어 나가고자 한다.

사실 7대 시의회 출범 당시 12명의 의원 중 9명이 초선이라 우려의 말들이 많았다. 하지만 시의원들은 의정 역량 강화를 위해 각종 연구와 교육 등을 통해 많은 노력을 해 왔다. 특히 각 분야 전문가를 초청해 김포뿐 아니라 전국 지방정부의 성공과 실패 사례를 공유하며 함께 연구하고 시정에 접목하는가 하면, 개인적으로는 민원현장을 찾아다니며 해결하기 위해 노력해 왔다.

그동안 시의회는 총 29건의 조례 제·개정안을 발의해 계류 없이 전부 처리했다. 그중 제정안 11건과 개정안 17건 등 총 28건이 초선의원이 단독 또는 공동 발의한 것이다.

1년 동안 항상 강조한 부분이 소통이었다. 공식적으로 의원들 간 매월 합의제 전체회의를 열고, 한 주가 시작되는 월요일 오전에는 의장단 및 사무국 직원들과 함께 소통하고 있다. 매월 1회 상임위원장과 별도의 자리를 마련해 의견을 교환하며 의회 현안을 다루고 있으며, 수시로 의견조율을 할 수 있는 자리도 갖춰져 있다.

집행기관과의 소통도 마찬가지로 시스템이 마련돼 있다. 매월 시장과의 현안 협의를 위한 회의를 갖고, 월례회의 시 집행기관의 현안 청취에 많은 시간을 할애하고 있다.

또한 언제나 열려 있는 의원 집무실에 많은 국·과장들이 시정 현안을 설명하러 온다. 단, 집행기관 설명이 의회보고와 사전설명이라는 형식적인 것에 중점을 맞추는 경우가 있어 아쉬움이 있긴 하다.

지난 1년간 행정사무 감사에서는 집행기관의 행정 과오와 관련한 104건의 시정과 개선, 정책건의를 하고 이에 대한 처리 결과를 기다리고 있다.

이제는 시 정책이 얼마나 효과적이며 균형적으로 시민 서비스를 제공하고, 효율성이 얼마나 높냐는 점으로 시선을 돌려야 한다고 생각한다.

의회가 집행기관에 대한 적정한 견제와 통제장치를 갖췄다면 이제는 '협치'가 중요시 돼야 한다. 집행기관을 통제하는 의회가 아니라 함께 협력해 문제를 해결해 나가는 협치가 훨씬 더 바람직하다.

나는 시의회 운영에 있어, 지난해부터 집행기관에서 진행하고 있는 각종 정책들이 실효성을 갖추는 데 의정활동의 초점을 맞추려 한다.

이를 위해 더욱 많은 직능사회단체, 시민과 접촉하며 건의사항을 청취하고, 각 분야 전문가 등 의정활동을 지원할 수 있는 외부 자원을 적극 활용해 정책의 완성도를 높여 나가려 한다.

내부적으로도 시의회 역량 교육을 더욱 강화해 실력 있는 의회로 평가받을 수 있도록 노력할 것이다.

젊은 도시 김포,
부족함이 있기에 더 나은 것을 채울 수 있다

의회 본회의장 의장석에 앉으면 막중한 책임감으로 언제나 마음이
무겁다.

현충탑 참배를 시작으로 시무식과 월례회의를 진행하며 2020년 첫 의정활동을 시작하였다.

새해가 밝아오면 누구나 희망과 꿈을 이야기하게 되는데 올해로 10년을 맞은 의정생활을 지내다 보니 매년 새해 이맘때면 '올 한 해 김포시에, 그리고 시민에게 부족한 것이 무엇일까? 무엇이 빠졌을까?' 찾게 되며 고민을 한다.

예산안이 의회에 제출될 때면 집행기관은 야심차게 김포의 희망찬 큰 그림을 제시하고, 부서들은 앞을 다퉈 새로운 사업을 설명하며 한층 나아지는 행정을 위해 추진하겠다는 포부를 밝혔지만, 연말이 되고 한 해를 뒤돌아보며 사업결산을 하면 항상 아쉬움이 남기 때문이다.

329만 평 5만7천 호를 건설하는 김포한강신도시 택지조성사업이 마무리되면서 김포의 인구는 가히 폭발적으로 늘어나고 이에 맞는 도로망 건설과 전 구간 지하화로 개설한 도시철도가 개통되면서 기본적인 교통인프라가 구축됐다. 또한 문화 욕구에 맞게 지역별 도서관을 비롯한 문화공간, 시민 여가 공원 조성, 산업단지들이 추진되면서 제법 덩치를 키운 외형적인 면모를 일단 갖춘 모양새다.

하지만 신흥 도시인 김포의 모습은 이제 성장과 발전 단계를 밟고 있어 도시화가 고도화된 인근 도시 여건에 비하면 갖춰야 할 것들이 많아 해결해야 할 과제가 산적하다.

가장 기본이 되는 교통문제부터 보면 주 교통 역할을 하는 김포도시철도와 김포한강로를 제외하면 너무 부족한 터라 지역 정가를 중심으로 제기된 추가적인 철도노선 추진과 한정된 도로를 활용하는 간선급행버스체계(BRT)의 방안을 시민사회와 공론화하며 최적의 안을 도출해야 하는 과제를 안았다.

지역경제에 최고의 복지라 여겨지는 지역 일자리 제공 문제도 마찬가지다. 시민의 커다란 기대를 모았던 황해경제자유구역 김포지정이 실패하며 신산업 육성에 커다란 걸림돌을 만났다. 시 집행부서에서는 독자적인 개발을 제시하며 지역 첨단산업 육성 의지를 내비치고는 있지만 막대한 재원이 필요한 사업인 만큼 경제성과 균형적인 재원배분 문제를 고려하지 않을 수 없어 행정적 절차 외에도 만만치 않은 상황이다.

신도시를 비롯한 택지개발 지구 학교문제 해결 또한 쉽지 않은 벽이다. 세대수 증가에 비해 턱없이 부족한 학교문제는 기초지방자치단체의 결정사항이 아니다 보니, 지속적인 신규학교 설치 건의와 요청에도 불구하고 경기도와 중앙정부의 결정을 기다리며 애를 태우고 있어 고민이 깊다.

구도심 또한 산적한 과제들이 즐비하다. 길게는 100여 년 전부터 김포의 중심생활권을 누렸던 구도심 재생을 위해 정주 여건을 개선하려는 주민 중심의 개발사업 추진에 맞춰 시의회 또한 '도시재생 연구단체' 활동을 벌이며 다각적인 방안을 제기하고 있지만, 이해 당사자들과 공통분모를 마련하는 데는 앞으로도 많은 설득의 시간과 합의의 노력이 필요하다.

이렇듯 급격한 김포의 외형적 확장에 기존 생활 정주요건도 개선해 나가려다 보니 도시 발전에 따른 성장통이 만만치만은 않아 도시 성장을 진작 이루고 세심한 부분까지 들여다보는 인근 지자체의 여유가 내심 부럽기는 하다.

그러나 평균연령 39세의 패기가 넘치는 도시답게 외형적 성장에 발맞춰 채워야 할 공간이 있고, 그 어느 곳보다 알차게 채워보자는 시민사회의 의지가 있으니 새해를 맞이하는 김포의 희망은 어느 지방정부보다 밝다.

김포한강신도시 개발이 마무리되고 도시철도 이용이 시민 생활로 다가와 제법 살기 괜찮은 도시가 되기까지 젊은 김포는 시민의 희망을 실현하며 부족함을 메워왔다. 이제는 제법 살기 괜찮은 도시에서 한발 더 나아가 부러움을 받는 도시로 발돋움할 때다.

청출어람(靑出於藍)이라 했던가? '잘 가꿔진 도시'가 해왔던 교통, 문화, 교육, 복지, 산업 인프라 구축에 대한 우수 행정 모델을 그대로 적용할 수는 없지만, 우리 시 발전을 위한 자원으로 삼아볼 만하다.

부족함이 있기에 더 나은 것들을 채울 수 있듯이 잘된 것들을 스스럼없이 받아들여 우리 모두의 고민을 담아 한발 앞서는 지방정부로 만들어가야 한다. 부지런한 쥐가 알곡을 차곡차곡 모으듯 김포가 갖지 못한 것들, 시민이 부족하고 빠져 있다고 말씀하시는 것들을 찾아 알차게 채워 넣는 한 해가 됐으면 한다.

그동안 시민 여러분들이 성원해 주고, 때로는 쓴소리를 아끼지 않은 덕분에 시의회 의정은 나날이 발전할 수 있었다.

김포시의회 전경

공동체 도약을 이어가려는 우리의 청사진에 대내외 환경은 항상 우호적이지 않았다. 그러나 지금의 김포의 생동감이 말해 주듯 언제나 우리는 제약에 묶이지 않고 차근차근 도시와 공동체 번영을 위해 한 걸음 한 걸음씩 내딛어왔다. 김포는 어느 도시보다 역동적이며 발전가능성이 높은 젊은 도시이다.

앞으로 진행될 대단위 개발사업과 철도망 구축, 산단조성과 관광개발벨트 등 김포 발전을 위한 외형을 점점 키워갈 것이고, 그에 걸맞은 주거, 교육, 문화, 복지 등을 그 안에 알차게 채워 성숙한 도시로 성장할 것이다.

이러한 비전을 결실로 맺기 위해서는 무엇보다 김포 시민사회의 역할이 절대적으로 필요하다. 의정과 행정의 제도적 의사결정에 시민사회의 관심과 참여만이 김포의 지속적인 발전을 이끌 것이다.

코로나19를 이기는
백신

연초부터 좋은 일들의 연속이다. 드디어 한강신도시를 순환하는 이음버스가 1월 22일부터 운행을 시작하였다. 시의회 6대 시절 신도시 테마 시설을 전기버스로 운행하자는 제안을 했었는데 이제야 실현되어 늦은 감은 있지만, 지금부터라도 한강신도시 이음 버스가 신도시 곳곳은 물론 시민들의 마음도 이어주길 희망한다.

한강이음버스 개통

226

그리고 제148차 경기도시군의회의장협의회 정례회의에서 책임 감 있는 의정활동을 수행한 공로를 인정받아 '지방의정봉사상'을 수상했다.

2010년 제5대부터 3선을 연임하며 시민 요구를 행정 개선으로 담아내고, 소외계층 지원과 봉사활동 참여는 물론 제5-6대 의원 시절에는 16건의 조례발의와 19건에 달하는 5분자유발언으로 시정 개선을 주도했으며, 제7대 의장에 선출된 이후 원활한 의회 운영과 의정활동 지원으로 균형 있게 의회를 이끌고 있다는 평가에 몸 둘 바를 모르겠다.

이 상은 시민과 더 소통하며 더 열심히 활동하라는 격려이리라. 실질적인 주민 복리증진이 이뤄질 수 있도록 더욱 열심히 의정활동을 이어나갈 것이다.

의회를 방문한 아이들과 함께

그러나 호사다마라고, 한 도 상상하지 못했던 악몽 같은 미래가 현실이 되고 말았다. 순식간에 인류의 건강을 위협하는 코로나19의 등장으로 전세계가 팬데믹에 빠져들었고, 우리나라도 김포시도 예외가 아니었다.

김포시재난안전대책본부를 중심으로 사태가 더 확대되지 않도록 행정력 집중이 중요하다. 이를 위해 시의회는 의원 비상대책회의를 열어 전반적인 지원에 나서기로 하였다.

- 코로나19 확산 방지 관련 예산 점검 및 지원
- 방역당국과 김포시재난대책본부 시민 홍보 전달
- 추경경정예산안 및 안건의 신속처리
- 회기단축과 공무원 의회 출석 최소화
- 주요현안 공유와 협조체계 유지

이 외에도 집행기관이 현장 중심에서 신속히 대응할 수 있도록 여건을 마련할 것이다.

이후 코로나19 확진자가 추가로 발생하고 있는 상황에서 제198회 임시회를 개회했다. 이번 임시회에서는 코로나19 감염증 조기 극복 및 지역발전에 필요한 사업과 국·도비보조사업 정리분 등 500여 억 원의 예산안과 조례안, 기타 안 등을 다루게 되는데 국가적 위기상황에 처한 어려운 시기임을 인식하여 회기기간을 축소하고, 참석범위 또한 최소화하여 운영하였다.

본회의 개회를 마치고 의원들과 '경제안정 소비촉진 운동'의 일환으로 두 번째 코로나 확진자가 다녀갔다는 보도 후 손님의 발길이 끊긴 운양동 음식점에서 점심을 함께했다.

임시회 일정도 단축하여 운영하였고 의회 의원들도 지역구로 나가 여러 읍면동에서 각 단체 회원들과 함께 코로나19 예방 방역을 실시하였다. 또한 최근 코로나19 확산으로 영업에 어려움을 겪고 있는 지역 화훼농가에 조금이나마 보탬이 되고자 의원 전원이 지역 화훼농가의 화분을 구입해 의회사무국 직원들에게 선물하며 캠페인에 동참하였다.

지역 화훼농가 돕기 캠페인

3월 14일 경기도가 도민 전체에게 재난기본소득 10만 원씩을 지급한다고 발표하였다. 김포시의회도 코로나19로 고통을 겪고 있는 시민들께 조금이나마 도움이 되고자 의회 예산 일부를 코로나 대응 예산으로 편성하는 데 의원들과 뜻을 모았다.

의회사무국 총예산 15억4,000만 원 가운데 약 1억7,700만 원 11.5%를 감액, 코로나19 극복을 위한 임시회에 제출하기로 했다. 감액되는 예산은 의원 및 직원 국외여비, 외부기관 위탁 교육비와 국내여비, 사무실 운영에 들어가는 일반운영비, 의장, 부의장, 상임위원장 세분의 의회운영업무추진비도 20% 반납키로 했다.

전체적으로 많은 예산은 아니지만 그래도 어려운 이때 시민들께 조금이나마 도움이 되기를 희망한다. 경기도가 24일 발표한 보편적 재난기본소득에 더해 김포경제를 살리기 위해서는 추가적인 지원부분이 필요하였다. 이에 김포시의회는 지방정부들이 재원을 짜내며 각종 지원정책을 쏟아내는 만큼 시 집행기관의 정책이 의회에 제출되는 대로 신속히 처리하는 데 적극 협조할 것이다.

코로나19 극복을 위한 향후 임시회는 원포인트로 진행하였다. '김포시 코로나바이러스감염증-19에 따른 재난기본소득 지급 조례안', '소상공인 경영안정지원금 지급 조례안' 등 일반안건과 관련 예산들을 처리하였다. 주요 증액 예산은 다음과 같다.

- 코로나19 재난기본소득 221억 5천만 원(시민 1인당 5만 원)
- 코로나19 피해 소상공인 경영안정지원금 200억 원
- 코로나19 대응 중소기업 이자차액 보전금 10억 원 등

또한 '코로나 특별위원회'를 구성하여 코로나 시국으로 어려운 계층이나 소외된 분들을 위해 직접 상담을 하고 지원할 수 있는 대책을 마련하였다.

　코로나19로 인해 너나 할 것 없이 힘든 시기에도 함께하는 사람들이 있어 감사하다. 방역에 동참하는 자원봉사, 임대료 낮춰 어려움을 함께하는 마음, 꼭 필요하면 먼저 구매하라는 배려, 마스크를 손수 제작해 나누는 정성, 코로나 극복을 위해 줄 잇는 기부….

　의료인과 방역종사자를 비롯하여 여러분 모두가 코로나19를 이기는 '백신'이다. 힘내자, 대한민국!

코로나19 대책특별위원회 구성

김포시의회만의 능동적 의정활동,
정책토론회

한국에서 코로나가 확산되기 전인 2020년 1월 경기도시·군의
회의장협의회에서 하와이 연수를 갔다. 하와이대학과 한국학 연
구소, 호놀룰루 시청과 호놀룰루 시의회를 방문했다.

사실 시의원들의 해외연수를 바라보는 시선이 곱지 않다는 것
을 잘 알고 있다. 그러나 선진행정을 말로만 듣는 것과 직접 가서
체험하는 것은 전혀 다르다. 기존의 관광성 탐방 방식에서 탈피해
사전 연구과제와 목표를 선정하고 분야별 팀 구성을 통해 현장 비
교체험형 연수가 된다면 분명 시 발전에도 도움이 될 것이라고 생
각한다.

그때 하와이대학의 백태웅 교수님과 만났다. 그 자리에서 외국
에서 살고 계신 입장에서 한국을 바라보는 시각과 선진국에서의
기초의원들의 역할은 어떤 것인지를 물었다.

하와이대학 한국학 연구소 방문

하와이대학 백태웅 교수와

　백 교수님은 캐나다와 미국에서도 교수 활동을 한 경험이 있는
데 캐나다의 경우 기초의원들의 역할이 우리하고는 사뭇 다르다
고 하셨다. 그 지역의 기초의원들은 지역의 현안들을 주제로 지
역주민들과 전문가를 초청하여 토론회를 열면서 정책들을 제안해
내는데, 그것이 무척 인상적이었다는 말씀이었다.
　나 역시 이때의 백 교수님 말씀이 마음에 많이 남았다. 이 일을

추운 겨울을 이겨낸 봄꽃처럼

계기로 우리 김포시에서도 정책토론회를 열어 김포시에 적합한 정책모델을 도출해 내기로 마음먹고 하나씩 실천해 나갔다.

2020년 첫 번째 김포시의회 정책토론회가 6월 24일 아트빌리지 아트센터에서 개최되었다.

김포시의회 정책토론회는 올 초부터 계획했던 7대 김포시의회 2년차 프로젝트였다. 내가 의장으로서 힘 쏟고 있는 사안이기도 하다. 그러나 코로나19로 추진하지 못하다 결국 비대면 토론회로 개최하게 되었다.

그동안 의정활동이 주어진 민원 해결을 하는 수동적인 활동이 많았다면 이제부터는 김포시 발전을 위한 정책제안으로 능동적인 의정활동을 펼쳐 나갈 계획이다. 정책토론회와 공청회 등이 바로 그 능동적 의정활동의 시발점이다.

정책제안 토론회의 첫발을 뗀 것은 박우식 의원의 '청년 창업 활성화 방안'이었고, 두 번째는 김계순 의원의 '공정무역 도시조성 추진', 세 번째는 김종혁, 김인수 의원의 '김포한강선 정상유치를 위한 정책', 네 번째는 오강현 의원의 '포스트코로나19시대 김포 문화도시 방향설정', 다섯 번째는 최명진 의원의 '푸드통합 지원센터 설치를 위한 먹거리' 그리고 여섯 번째는 내가 좌장이 된 '김포, 여성친화도시를 말하다'였다. 이후에도 일곱 번째는 김옥균 의원의 '공익활동 증진 및 지원 방안', 여덟 번째는 홍원길, 유영숙 의원의 '위기가정 통합지원 방안', 아홉 번째는 한종우 의원의 '수도권매립지 종료에 따른 대응방안 마련', 열 번째는 배강민 의원의

정책토론회 축사

좌장
신명순
김포시의회 의장

내가 좌장으로 진행한 여성친화도시 관련 정책토론회

'농촌융복합산업 육성지원 및 활성화 방안' 등 12명의 의원 모두가 정책토론회를 진행했다.

정책토론회는 보통 국회와 광역의회를 중심으로 진행되어 왔다. 그래서 내가 처음 기초의회에서 정책토론회를 시작하는 데 많은 어려움이 있었다. 우선 타 지방정부의 우수한 정책에 대해 분석하고 논제를 끌어낼 보좌 인력과 생방송을 통해 질문을 주고받는 등 양방향 소통이 기초의회 인력으로는 쉽지 않은 일이었다.

김포시의회가 지역발전을 위한 다양한 정책수립을 위해 주제별 정책토론회를 진행하고 있는 것은 전문가 의견과 현장의 다양한 목소리를 수렴해 김포시에 적합한 정책모델을 도출하여 지역발전과 시민복리 향상을 위해서이다.

김포형 정책토론회야말로 주민 이익을 위한 정책개발이니만큼 외부전문가 자문, 타 지방정부의 우수 정책 도입, 지역 산업현장 생태 분석 등 의원님들이 일을 원활하게 할 수 있는 일이라면 의회의 가용자원을 모두 활용하여 전폭적으로 지원할 것이다.

2시간여 랜선을 타고 시민과 만난 김포시의회 정책토론회. 시의회가 화두로 던진 결과물들이 어떻게 도출될지 나 역시 많은 기대가 된다. 김포시의회 정책토론회는 시의회 페이스북과 유튜브를 통해 다시 만나 볼 수 있다. 현안문제, 지향정책 등 김포발전을 위한 시의회 의원들의 정책제안 토론회는 계속될 것이다.

늦깎이 대학원생.

10년의 의정활동 경험만으로는 무언가 부족하다는 생각이 들 때가 많았다.

현장과 이론은 다른 것이 많이 있기는 하지만 그래도 정치를 하면서 체계적인 이론을 겸비하면 더 좋겠다는 생각을 했다.

마침 한국여성의정과 이화여대에서 장학생을 선발해 여성정치인들에게 교육의 기회를 주었다.

나는 2020년 3월 이화여대 정책과학대학원 공공정책학과에 입학하게 되었다.

비록 코로나19로 비대면 수업을 하게 되어 교수님과 원우님들을 직접 만나지 못해 아쉽지만 온라인 수업을 통해 정치지도자들에 대해, 리더십에 대해, 정책형성과 집행에 대해, 정책에 대해, 자기설계에 대해, 공공예산에 대해 차곡차곡 지식도 쌓고 있다.

의정활동과 공부를 병행하려니 힘들고 어렵기는 하지만 조금 더 일찍 시작하지 못한 것이 아쉬울 뿐이다. 조금 더 일찍 시작했더라면 내가 달라졌을 것이고, 나로 인해 김포도 달라지지 않았을까⋯.

7대 김포시의회의 후반기가 시작되었다. 내가 후반기 의장을 연임하게 되었다.

전반기 2년 동안 김포시의회는 2018년 7월 임기 시작과 함께 제184회 임시회를 시작으로 총 19번의 회기를 거치며 안건을 처리해 왔다. 394건 중 의원들이 제출해 제·개정한 안건이 52건에 달한다. 의원발의 비율이 상당히 높은 편이다. 또한 매 회기마다 시정정책에 대한 5분자유발언을 이어가며 집행기관 시정정책의 방향에 대한 대안을 제시하고, 행정사무 감사를 통해 문제점을 도출하고 실행되고 있는 정책에 대해 다시 확인하며 개선의 목소리를 높여 왔다.

특히 교통인프라 확충을 위한 도시철도 점검단 활동과 환경개선을 위한 노력에 큰 힘을 쏟았다. 또다시 개통이 지연된 도시철도와 관련해 현장 확인활동은 물론 행정사무조사권을 발동해 문제점을 짚고 안전을 담보한 가운데 빠른 개통을 유도했다.

아쉬운 점이 있다면 도시철도 개통 재지연, 축구종합센터 유치·경제자유구역 유치 실패 등으로 인해 시민사회에 실망을 끼쳐 드린 점이다. 행정 추진이야 집행기관 전속권을 가지고 진행하지만 그 실패로 인한 비판에 의회 또한 자유로울 수 없어 매우 아쉬운 마음을 담고 있다.

축구종합센터 유치 염원

후반기 김포시의회는 지역발전을 위한 시정정책을 함께 만들고 실현하는 활동에 초점을 맞출 생각이다. 김포한강신도시가 개발되고 급속한 인구 증가로 50만 명을 목전에 두고 있지만 빠른 외형적 성장만큼 채워야 할 부분들이 많다. 특히 교통문제에서 도시철도가 개통되고 광역버스, 이음버스 등 노선이 확충됐지만 인접 도시와 비교했을 때 아직 부족하다.

내년 6월 4차 국가철도망 구축계획이 있는데 인천광역시 등과 경쟁하고 있는 GTX(광역급행철도)-D노선을 유치하고, 서울 5호선을 연장하는 등의 굵직굵직한 추진 사업들이 있다. 간선망 확충이 남은 2년 안에 매듭지어질 수는 없지만, 적어도 첫발을 뗄 수 있는 기반을 마련하는 시간이 돼야 한다. 이를 위해 집행기관, 정치권을 비롯해 각계각층과 긴밀히 협조할 것이다.

또한 신도시에 걸맞은 앵커시설들이 부족하다는 지적이 많다. 후반기에는 다방면의 주제를 가지고 정책토론회를 활성화해 전문가와 시민사회의 의견을 시정정책으로 만들 계획이다. 정책토론회를 통해 김포의 가치를 결정할 중요한 시책은 멀리 바라보며 의견을 통합해 가고, 생활과 밀접한 사항들은 시정에 바로 적용할 수 있도록 토론의 장을 열 것이다. 아울러, 의장으로서도 가용자원을 모두 활용해 의원님들이 의정활동을 활발히 할 수 있도록 행정적 지원도 아끼지 않을 것이다.

이와 더불어 후반기 의원들의 단합과 성장을 위한 방안으로 각 의원들의 성과를 홍보하는 것과 정책토론회를 계획하고 있다. 사실 각 지역을 대표하고 있는 의원들이 왕성하게 활동하며 역할을 다하고 있지만 정작 많은 시민들에게 충분히 전해지지 못하고 있다.

개개인이 보도자료를 만들어 홍보할 수 있지만 사전선거운동이 될 수 있다는 맹점과 함께 바쁜 일정이 더해지면 쉽지 않은 일이 된다. 때문에 의회 사무국과 함께 의원들의 성과를 시민들에게 적극적으로 알리는 방안을 검토하고 있다.

그러기 위한 정책토론회를 만드는 것에 집중할 생각이다. 사실 그동안 여러 의원들이 많은 정책을 고안하고 제안했지만 상당 수가 사장되거나 잊힌 경우가 많았기에 의원들의 활발한 의정활동을 홍보하는 역할과 함께 시민들과 더욱 가깝게 호흡할 수 있는 기회가 될 것으로 본다.

무엇보다 항상 시의회를 지켜봐 주시고 격려와 쓴소리로 의정활동 방향을 바로잡아 주신 김포시민들께 많은 것을 배운다. 앞으로도 김포시 발전을 위해 함께하며 시정현안에 적극적인 참여를 당부드린다.

나와 김포시의회 역시 다시 초심으로 돌아가 시민의 대변자로서 다양한 목소리에 귀를 기울이며, 시민을 최우선으로 하는 의정활동을 수행해 나갈 것을 약속드린다. 지난 2년간 부족한 점이 무엇이었는지 짚어보며 제7대 김포시의회가 시민과 함께했다는 평가를 받을 수 있도록 성실히 임할 것이다.

신종 코로나바이러스 감염증(코로나19)으로 너무 힘든 시기다. 조그만 힘이라도 모으고 주변을 배려하며 함께 극복하기를 기도한다.

도전하고 준비하면
이룰 수 있다

대한민국의정대상 '최고의장상' 수상

벌써 10년. 10년 의정활동의 결실이었을까.

2020년 제14회 대한민국의정대상에서 '최고의장상'을 수상하였고,

경기도 중부권 9개 시의회 의장협의회 회장으로도 선출되었다. 그동안의 일들이 주마등처럼 떠올랐다.

좋은 결실을 맺을 수 있도록 도와주신 많은 분들께 감사드리고 성원을 보내준 시민 여러분과 의정활동에 적극 협조해 준 동료의원에게 영광을 돌린다.

앞으로도 시민과 소통하는 현장 중심의 의정활동으로 진정한 지방자치 발전을 위하여 최선을 다할 것이다.

경기도 중부권 9개 시의회(안양·부천·안산·시흥·김포·광명·군포·의왕·과천) 의장협의회 회장으로 선출된 것은 개인적으로도 뜻깊은 일이었다. 31개 시군의 4개 권역 중 김포는 중부권에 속한다.

사실 처음에는 31개 시군 전체 회장에 도전하려고 했지만 준비 기간도 짧았고 자신도 없어서 4선을 하신 다른 분께 깨끗이 양보해 드리고, 대신 중부권 의장협의회 회장에 도전장을 내밀었다. 이를 계기로 느낀 것이 있다.

아무것도 시도하지 않으면 아무것도 안 된다. 어떤 자리든 어떤 역할이든 억지로 욕심을 부린다고 해서 맡게 되는 것도 아니고 포기할 때는 깨끗이 포기하고, 또 다른 것에 도전하여 열심히 준비하다 보면 자연스럽게 기회가 찾아온다.

때로는 어떤 도전에 대해서 용기를 낼 필요성도 있고, 또 포기할 때는 깨끗이 포기하면서 실익을 추구하는 지혜로움도 필요하다는 것. 이전까지는 나에게 주어진 일을 수동적으로만 받아들이는 입장이었다면, 이번 일을 계기로 새로운 일에 도전하는 능동적인 자세도 때로는 필요하다는 걸 느꼈다.

　중부권의장협의회 회장이라는 막중한 임무를 맡겨준 만큼 책임감을 느끼고 의회 간 지속적인 정책공유로 중부권 현안사항 해결을 위한 의정활동에 힘써 나갈 것이다.
　경기도 중부권의장협의회는 중부권역 의회를 대변해 광역단체와의 정책 협의는 물론 최근 지방자치법 개정 요구 등 공동현안에 대한 정부정책 반영을 위해 연대해 나가고 있다.
　일본 정부 경제보복 조치 규탄 결의, 베트남 거주 한인 청소년들에 대한 지원 등 국제사회에도 긍정적인 영향력을 미치며 활동하고 있다.

　2020년 11월 김포에서는 중부권의장협의회 회의와 경기도시군의회의장협의회가 구성되고 두 번째로 경기도시군의회의장협의회 회의를 김포아트빌리지에서 개최하였다. 코로나19로 인해 김포에서 열린 이 행사 이후 대면회의는 쉽지 않았다.
　내 주재로 진행된 제109차 중부권협의회 정례회의에선 지난 회의 회의록 승인의 건 등을 처리하고 의회별 현안사항에 대한 논의가 진행됐다.
　이어 윤창근 협의회장(성남시의장) 주재로 진행된 제152차 경기도의장협의회 정례회의에서는 집중호우에 따른 피해지역 성금 전달 승인, 협의회 수석부회장 임명에 이어 여주시의회가 제출한 '일본 방사능 오염수 해양 방류 관련 결의 건'과 가평군의회에서 제출한

'경기도 산지지역 난개발 방지 및 계획적 관리지침안 수정 촉구 결의 건'을 결의문으로 채택했다.

이어 경기도의장협의회는 홍영표 국회의원과 정책간담회를 갖고 지방자치법 전부개정법률안과 관련해 기초의회 인사권 독립 등 지방정부의 실질적인 자치분권이 보장되도록 해당 법률안 수정을 요구했다.

경기도시군의회의장협의회 정례회의 −아트빌리지

두 정례회의를 주관하면서 많은 것을 배우고 느꼈다.

사실 지자체마다 추구하는 방향이 다 다르기 때문에 공동으로 뭔가를 해나가기가 쉽지는 않다. 그러나 나는 그럴수록 다른 의장님들을 설득하여 지역의 현안들을 같이 논의하고 협조하며 활동할 수 있도록 징검다리 역할을 자청하였다. 일산대교 무료화에 있어서 다른 지역 의장님들의 동의를 받아 성명서를 같이 발표한 것이 그 대표적인 예이다. 광역철도의 경우에도 김포, 하남, 부천시 의장들이 함께 모여 성명서를 발표하였다.

그동안 협의회는 시·군 현안을 공유하며 지방의회와 지역발전을 위해 많은 기여를 해왔다. 나 역시 선배 의장님들이 놓은 기반을 바탕으로 미래지향적인 의정활동 방향을 제시하며 지방자치가 발전해 나가도록 노력해 나갈 것이다.

뜻깊은 행사를 치르는 중에도 여성친화도시에 걸맞은 기쁜 소식이 들려왔다.

"한 아이를 키우기 위해 온 마을이 필요하다."라는 속담처럼 김포시도 맞벌이 가정의 아이 돌봄을 위해 온 마을이 나서고 있다. 김포시 우리아이행복돌봄센터는 2019년 12월 매수리마을점을 시작으로 수정마을점, 2020년 은여울마을점, 솔터마을점, 양곡리점이, 2021년에는 고촌복지회관점, 선수점, 고창마을점, 솔내점, 여울숲점이 개소하였다. 우리아이행복돌봄센터 4호인 솔터마을점은 아이들의 돌봄을 위해 솔터마을 경로당 어르신들께서 기꺼이 자리를 나눠주셨다.

이렇게 김포는 오늘도 여성친화도시에 또 한 발 다가서고 있다.

우리아이행복돌봄센터 솔터마을점 개소(2020년 11월)

시민을 섬기는
유약겸하(柔弱謙下)의 자세로

　국민권익위원회 지방의회 청렴도 측정 조사 결과 김포시의회가 종합청렴도 2등급을 차지하였다. 청렴도 측정 결과는 1등급부터 5등급까지 분류되며 김포시의회는 전국 65개 지방의회를 대상으로 한 종합청렴도 점수에서 기초의회 단위 평균점수인 6.68점보다 0.43점, 전체 의회 단위 평균점수인 6.73점보다 0.38점이 높은 7.11점을 기록했다.

　특히 올해는 코로나19 비상 체계에서 선제적인 의정활동 및 의회운영을 통해 시민의 신뢰확보와 부패방지 노력 제고를 위한 행동강령 조례 개정, 보다 투명하고 공정한 공무국외연수를 위한 공무국외여행 조례 제정, 시의회의 업무추진비 집행 효율성과 책임성을 확보하고 사용정보를 공개해 집행의 투명성을 높이기 위한 김포시의회 업무추진비 사용 및 공개 등에 관한 규칙 제정 등 김포시의회 의원 스스로가 청렴한 의회를 조성하는 데 적극 노력한

결과가 청렴도 상위권 결실로 나타난 것이다.

코로나19의 상황 속에서도 의회활동 및 운영에 맡은 바 최선을 다해 주신 동료 의원 및 의회사무국 직원들과 성숙된 시민의식으로 청렴문화 확산에 도움을 주시는 시민 여러분께 진심으로 고마움을 전한다.

12명의 제7대 김포시의회 의원들과 함께 '고맙습니다' −의회 본회의장에서

코로나19가 바꿔놓은 일상. 12명의 의원과 직원 등 김포시의회 37명이 인터넷 화상회의 프로그램(Zoom)을 통해 종무식을 진행하였다.

한 해를 마무리하며 의정활동을 되돌아보니 올해는 크게 2가지 일로 분류해 볼 수 있다.

첫째, 김포형 정책모델 도출을 위한 온라인 정책토론회 개최

둘째, 코로나19 관련 선도적 재정지원

김포시의회는 올해 10번의 회기를 진행하며, 코로나 19에 따른 긴급재난지원금 지급 등 조례안을 신속하게 처리하며 환경 변화에 발 빠르게 대응해 왔다. 또한 의원입법 22건, 매 회기별 시정 정책제안 23건 등 활발한 의정활동을 해왔다.

나는 2018년 선거공보상 23개의 공약 중 20개 이상의 사업을 완료 또는 추진 중에 있다. 덕분에 한국매니페스토실천본부에서 실시한 2020 지방의원 매니페스토 약속 대상에서 '기초의원 공약 이행분야 우수상'을 수상하였다. 임기 내 모든 약속을 이행하고 시민분들께 힘이 되는 더 많은 일을 하도록 노력할 것이다.

'유약겸하(柔弱謙下)'라는 말이 있다. 노자 14장에 나오는 구절이다. 부드럽고 유연하며 겸손하게 자신을 낮추는 것이 강한 것을 누른다는 의미로, 공무원과 시의원들은 항상 시민에게 진심 어린 마음을 담아 부드럽고 유연하며 겸손하게 행정과 입법을 다할 수 있도록 더 열심히 일할 것이다.

2020 지방의원 매니페스토 약속 대상 기초의원공약이행분야 우수 의원 선정

추운 겨울을 이겨낸 봄꽃처럼

존경하는 49만 김포시민 여러분!

2021년 신축년(辛丑年) 새해가 밝았습니다. 지난해의 어려움을 떨치고 모든 가정에 복이 다가오는 한 해가 되기를 기원합니다.

새로운 시작이라는 기대감으로 들떠야 할 시기이지만 그렇지 못한 현실에 마음이 아픕니다. 지난 한 해 코로나19의 전 세계적 유행으로 지금까지 우리 모두가 엄청난 고통을 겪고 있습니다.

그러나 경험하지 못했던 감염병 사태 속에서도 우리는 오히려 많은 가능성을 보았습니다. 전 세계가 모범적으로 평가하는 'K방역'이라는 신조어를 만들어 낼 정도로 전 국민이 방역수칙을 준수하며, 코로나19에 대응해 자신의 자리에서 제 역할을 다했습니다. 시련을 극복하려는 하나가 된 마음과 행동이 있기에 2021년 새해에 대한 희망을 열어갈 수 있습니다.

김포시 또한 어려움 속에서도 한층 더 발전하는 토대를 마련했습니다. 어느덧 인구 50만 중견도시로 성장한 김포가 '2035년 김포도시기본계획'을 수립하며 76만 명을 바라보는 미래 김포시의 밑그림을 완성했습니다. 또한 경기환경에너지진흥원 유치, 대명항 어촌뉴딜사업 선정과 애기봉평화생태공원을 비롯한 한강하구평화벨트 사업이 가시화되며 문화관광산업 육성이 탄력을 받고 있습니다.

하지만 도시 성장을 멈추지 않기 위해서는 부족한 인프라 구축에 많은 노력을 기울여야 합니다. 특히 취약한 교통 환경으로 인한 불편을 호소

하는 시민의 목소리는 여전히 줄지 않고 있습니다. 물론 G버스를 비롯한 도로개설 등 교통망 확충을 위한 시의 노력이 있었으나 시민의 눈높이를 채우지 못하고 있습니다.

GTX-D를 비롯한 서울 인천 지하철 노선의 빠른 김포 연장 등 간선교통망 확보에 더욱 힘을 쏟아야 합니다. 아울러 어렵게 구축한 간선버스 준공영제의 지속적인 노선유지와 추가적인 노선이 확보되어야 시민의 발걸음이 가벼워질 것입니다.

또한 표류되고 있는 대학병원 유치, 풍무역세권, 한강시네폴리스 등 각종 대단위 개발사업의 우려 목소리를 잠재우고 도시발전을 지속해 나가야 할 것입니다. 교육, 복지, 환경, 문화 등 도시 삶의 질을 높이는 정책과 인프라 확충도 게을리할 수 없습니다.

이러한 발전을 이어 가는 데는 어느 한 부분만의 움직임만으로는 이뤄질 수 없을 것입니다. 무엇보다 시민사회의 관심과 참여가 중요합니다.

지난 한 해 시의회는 회기를 통해 시정정책 조언을 쏟아냈습니다. 또한 회기가 아닌 때에는 정책토론회를 열어 전문가와 시민의 목소리를 듣고, 연구단체 활동을 이어가며 우수한 정책 도입을 서둘렀습니다.

올 한 해도 시의회는 시민의 뜻을 받들어 시정발전을 위한 노력에 박차를 가할 것입니다. 더욱 다양한 분야의 정책토론회를 열어 시민 복리증진 방안을 찾고, 시민사회가 요구하는 바를 효율적으로 시정정책으로 다듬는 데 힘을 쏟을 것입니다.

시민의 뜻을 차근차근 실현해 나갈 수 있도록 올 한 해도 시의회 의정활동을 함께해 주시기를 당부 드립니다.

아울러 올 한해는 지방자치 발전과 관련해 아주 중요한 해입니다. 지방자치법이 32년 만에 전면 개정되어 주민 중심의 지방자치 구현의 토대가 마련됐습니다. 자율성과 투명성이 강화된 지방자치시대를 맞이할 수 있도록 올 한 해 집행기관과 함께 차근차근 준비하며 주춧돌을 든든히 쌓겠습니다. 김포시 지방정부가 바로 설 수 있도록 시민 여러분께서도 관심 있는 목소리를 내어주십시오. 항상 경청할 것입니다.

존경하는 시민여러분!

감염병의 어려움이 우리의 일상을 잠시 멈춰 놨지만, 세상을 바꾸는 주체는 우리 모두입니다. 올해의 가장 큰 기대는 무엇보다 일상을 서로에게 되돌리는 일이 될 것입니다. 모두가 손을 잡고 어려움을 함께 대처하는 사회적 상생을 이어간다면 분명 지역사회는 우리의 바람대로 바뀌게 될 것입니다. 더 나아진다는 희망과 확신으로 서로를 격려하며 김포가 수도권 일류도시로 도약할 수 있도록 2021년을 함께 열어갑시다.
항상 가정 내 건강과 행복이 가득하시기 바라며, 새해 복 많이 받으세요.

김포시의회 의장
신 명 순

오늘도 쉬지 않고 전력질주,
일산대교와 GTX-D

    2021년 신축년 새해가 밝았다. 김포시의회 첫 업무는 의원들과 현충탑 참배로 시작하였다.

올 한 해 김포시의회는 우리 시에 산적해 있는 과제들을 해결해 나가기 위해 보다 전문성을 키우고, 의원 개개인의 역량을 강화해 시민 중심의 의정활동을 펼쳐나갈 것이다.

'응변창신(應變創新)'이란 사자성어처럼 변화에 한 발 앞서 대응하고 주도적으로 길을 개척해 나가겠다.

어느덧 7대 김포시의회도 중반을 넘어섰다. 남은 임기 동안 초심으로 돌아가 시민과의 약속을 수시로 점검하고 이행할 수 있도록 힘쓸 것이다.

김포시의회 제207회 임시회에서 27개 한강다리 중 유일하게 유료 통행료를 지불하고 있는 일산대교 무료통행을 촉구하는 결의안을 채택하였다. 의회에서 결의안 채택 후 시의원들은 일산대교 톨게이트 앞으로 자리를 옮겨 결의문을 낭독한 후 피켓을 들고 통행료 철폐를 다시 한 번 촉구했다.

이번 일산대교 무료통행 촉구 결의안은 인근의 고양, 파주시 의회와 함께 추진한 것이며 일산대교 톨게이트 앞에서는 고양시의원들과 함께 피켓을 들기도 했다.

2008년 건설된 일산대교는 국가재정으로 만든 다리가 아닌 BTO 방식의 민간자본으로 건설하여 투자비용과 수익을 민간이 회수하는 구조이나 국민연금공단이 20%라는 고율의 이자를 챙기다 보니 결국 생활권을 오가는 김포, 파주, 고양, 그리고 인천서구, 강화군 등 260만 서민들에게 비용을 부담시키는 꼴이었다.

수도 서울을 관통하는 국가하천인 한강을 연결하는 도로, 철도,

교량 등 사회 간접시설 확충은 국가의 당연한 의무이며 모든 국민은 평등하게 시설을 이용할 권리가 있으나 일산대교 건설에 있어 국비지원은 단 한 푼도 없었다.

'일산대교 무료 통행'은 지금까지 불편과 부당함을 감수하며 인내해 온 우리들에겐 한결같은 바람이며 당연한 권리이다.

이에 김포시의회는 일산대교 무료화를 위해 정부와 경기도 차원의 특단의 대책을 마련하여 줄 것을 촉구하는 바이다.

일산대교 개통 이후 김포시의회는 통행료 인하 및 무료화를 위해 2008년, 2010년 등 지속적으로 목소리를 내고 있다.

며칠 후 경기도시·군의회의장협의회 제154차 정례회의에서 김포시의회가 제출한 '일산대교 무료통행 촉구 결의안'을 채택해 공동대응에 나서게 되었다. 채택된 결의문은 행정안전부와 경기도, 국민연금공단, ㈜일산대교에 송부되었으며 이후 김포시의회 의원들이 1인 시위를 시작으로 시민단체에서도 1인 시위를 이어가 주셨다.

일산대교 통행료 문제는 김포시만의 문제가 아닌 고양시·파주시·인천서구·강화군 등 일산대교를 이용할 수밖에 없는 260만 국민과 운송업에 종사하시는 분들의 공통적인 고충이다. 원인을 제공한 정부와 경기도가 통행료를 철폐하는 데 특단의 대책을 마련해야 한다고 생각한다.

그리고 10월 27일. 김포시민에게 오늘은 역사적인 날이다. 2008년 개통 이후 비싼 통행료를 내고 왕래해야 했던 일산대교가 마침내 무료화되었다.

추운 겨울을 이겨낸 봄꽃처럼

일산대교에서 일산대교 통행료 무료화 촉구 피켓 시위

공익처분을 통한 무료화로 앞으로 넘어야 할 산이 있지만, 그동안 교통복지의 혜택을 누리지 못했던 김포시민을 비롯해 서북부 260만 도민에게는 뜻깊은 날이 아닐 수 없다.

일산대교는 한강을 가로지르는 28개 다리 중 민자로 개설, 1Km당 660원의 비싼 통행료를 내야 하는 유료대교였다.

그러나 기쁨도 잠시. 11월 18일 0시를 기해 일산대교 통행료가 다시 징수되기 시작했다. 경기도의 일산대교 무료화 공익처분을 법원이 집행 정지시켰기 때문이다.

김포시의회는 일산대교 통행료 무료는 국민의 교통기본권 보장이라는 것을 한 번 더 상기시켜 주기 위해 또다시 피켓을 들었다. 통행료 징수 재개로 시민들은 불편과 혼선을 겪고 있다. 한상에서

10월 27일 경기도의 공익처분으로 일산대교 통행료가 무료화된 날

유일한 유료다리인 일산대교의 항구적인 통행료 무료화를 위해 일산대교(주)를 비롯한 관계기관들이 적극적인 협상에 나서주시길 바란다.

인구 50만을 바라보는 도시, 김포. 그러나 미비한 광역교통망으로 시민들의 교통 불편은 이루 말할 수 없고, 수도권의 신도시 중 유일하게 광역급행철도가 없는 상황이다. 수도권 서부지역의 교통 수요분산과 이동시간 단축을 위해서는 김포에 광역교통망이 반드시 필요하다.

이에 김포시는 수도권 서부지역 광역교통 개선을 위해 서부권 광역급행철도(GTX-D) 신설과 인천지하철2호선 김포·고양 연장, 김포한강선(서울지하철 5호선 김포 연장)을 제4차 국가철도망구축계획에 제안했고, 이제 그 선정 결과를 기다리고 있다.

정부는 김포시를 비롯한 수도권 서부지역 주민들의 교통편의 확충과 이동권 보장을 위해 경기도가 제안·신청한 안을 제4차 국가철도망에 포함해 주기 바라고, 경기도는 경기도가 건의한 서부권 광역급행철도(GTX-D) 신설과 인천지하철2호선 김포·고양 연장, 김포한강선(서울지하철 5호선 김포 연장)을 제4차 국가철도망구축계획에 원안대로 포함될 수 있도록 강력히 촉구해 주기 바란다.

김주영 국회의원님, 박상혁 국회의원님, 정하영 시장님과 수도권 서부지역 광역교통개선 대책의 제4차 국가철도망계획 반영을 위해 공동 성명을 냈다. 우리 모두는 수도권 서부지역 광역교통개선 대책이 제4차 국가철도망구축계획에 반영될 수 있도록 끝까지 최선을 다할 것이다.

5월에는 오는 6월 국토교통부 제4차 국가철도망 구축계획 발표를 앞두고 직접적인 이해관계를 갖고 있는 김포시의회·부천시의회·하남시의회 의장이 GTX-D 원안 반영을 촉구하며 공동 입장

| 김포갑 김주영 국회의원, 김포을 박상혁 국회의원, 정하영 시장과 함께 GTX-D 등 국가철도망계획 반영을 위한 공동성명 | GTX-D 제4차 국가철도망구축계획 반영을 위한 김포, 부천, 하남시 의장공동입장문 발표 |

문을 발표했다.

남북축 GTX-A,B,C 노선에서 77%의 수도권 시민이 수혜를 보는 반면 사업 타당성과 수도권-지방 간 투자균형, 기존노선 영향을 이유로 GTX-D 노선만 축소한 국토부의 잣대는 공정성과 합리성이 없다. 김포, 부천, 하남의 시민들도 기본권을 보장받을 수 있도록 GTX-D 노선은 반드시 반영되어야 한다.

20만을 목표로 GTX-D 원안 사수 서울지하철5호선 김포연장을 위한 시민서명운동에 돌입한 지 2주 만에 22만을 돌파했다. 약 22만여 명의 참여는 김포시 성인 대부분이 서명에 참여했다는 것을 의미한다.

마음 모아주신 시민 한 분 한 분과 서명운동 홍보에 적극적으로 나서주신 단체에도 감사의 말씀 드린다. 시민의 염원을 잘 전달하고, 결실을 맺을 수 있도록 끝까지 최선을 다하겠다.

이를 위해 지난주에는 이낙연 전 대표의 골드라인 탑승체험에 이어 국토교통부 장관과의 만남을 통해 GTX-D 원안 사수와 5호선 연장에 대해 강력하게 요구하였다.

시민들 역시 각 지역과 분야별 시민사회단체들을 한자리에 모은 연석회의를 통해 앞으로의 상황에 함께 힘을 모아 대처해 나가기로 하였다. 이처럼 김포시민들의 염원이 모두를 하나로 만들고 있다.

이를 반영하듯 김포시민들의 절박한 목소리에 여론이 관심을 보이고, 정책적 변화의 분위기가 감지되고 있다. 많은 언론에서 김포의 열악한 교통상황을 다루고 있고 시민들의 의견을 전달해 주고 있다.

집권 여당의 당대표는 GTX-D 노선의 문제점을 인식하고 이 문제해결에 전향적으로 나서겠다는 입장을 밝혔다. 이낙연 전 대표 또한 골드라인 탑승체험을 한 뒤 김포 시민들의 출퇴근 문제를 더는 외면해선 안 된다고 말하며 날마다 두 번씩 그런 고통을 겪는 건 교통 복지 이전에 정의롭지 못한 문제라며 국토부 장관에게 대책 마련을 촉구하기도 하였다.

김포시의회는 의회 광고비를 활용해 서울 한복판 전광판에 GTX-D 원안 사수와 김포한강선(서울지하철5호선) 유치를 염원하며, 김포만 소외된 광역철도망 문제를 알리는 광고를 시작했다. 6월 14일부터 시작된 광고는 25일까지 1일 100회 이상 논현역, 서울역, 충무로역에서 송출되었다. 이 덕분에 시민들에게 칭찬을 많이 받았다.

그러나 이러한 노력에도 불구하고 서울 강남을 관통할 것으로 기대됐던 GTX-D 노선이 김포와 부천만 오가는 노선으로 확정되어 시민들께 죄송하고 아쉬움이 크다.

논현역 앞

발로 뛰는
의정활동

어느덧 고등학교를 졸업한 지도 근 30년이 되었다. 30대 젊으셨던 고3 담임선생님도 어느새 정년퇴임을 하시고, 학창시절 한 반에서 같이 미래를 꿈꾸었던 친구들은 50을 바라보는 나이가 되었다.

대학을 졸업하고 혹은 군대를 다녀오고, 직장을 잡기 시작했을 때부터인가 고3 담임 선생님을 중심으로 모임을 하기 시작했고, 1년에 한두 번씩 만나면서 남은 회비를 한 푼 두 푼 모은 것이 300만 원.

정년퇴임을 하신 선생님과 1992년 졸업한 통진종고 3학년 5반 친구들의 이름으로 김포시민장학회에 장학금을 기탁했다. 비록 적은 돈이긴 하지만 우리 학생들이 꿈을 펼치는 데 조금이나마 도움이 되길 희망한다.

1998년 4월 1일은 김포가 시로 승격한 날이다. 시로 승격한 지 올해로 23년이 되었다. 김포는 98년 시 승격 당시 인구 12만에서

김포시민장학회에 정년을 맞으신 고3 담임선생님과 장학금 전달

이제 50만을 눈앞에 둔 중견도시로 성장해 가고 있다.

나의 스물세 살은 대학 졸업을 앞두고 어떤 일을 해야 할지, 어떤 삶을 살아가야 할지, 미래를 준비하며 무엇이든 할 수 있을 것만 같은 열정 가득했던 시절로 기억된다.

스물세살 청년이 된 김포는 2035 도시기본계획을 구상하고 인구 76만의 자족도시로 한 발 더 성장하기 위한 밑그림을 그리고 있다. 미래가 더 기대되는 도시, 젊은 도시 김포가 더 멋지고 아름다운 도시가 될 수 있도록 많은 분들의 응원이 필요하다.

화창한 여름날, 오래 전부터 민원이 끊이지 않았던 고촌읍 중심상가 주민들의 숙원사업인 공영주차장 확보가 드디어 이루어졌다.

고촌노을공영주차장은 지상5층+옥상까지 160면 정도의 주차 공간으로 이 일대 불법 주정차가 줄어들 것 같다.

장기동 라베니체 인근 장기5 공영주차장도 개장했다. 기존 주차 대수 40면 정도 되던 것을 지상 3층으로 건물을 올려 104면을 확보하게 되었다. 공사비는 꽤 들었지만 라베니체 인근 주차에는 숨통이 트일 것으로 보이며 상가 활성화에도 도움이 되길 바란다.

2022년 초 운양동환승센터 424면의 주차장 개장을 앞두고 있다. 앞으로 구래동 상업지역 지하주차장 100면, 사우9 공영주차장 160면, 한강중앙공원 공영주차장 220면, 풍무2지구 자주식주차장 160면 등이 설계용역 중으로 23년까지 마무리될 예정이다. 계속하여 각 지역의 공영주차장 확보를 위하여 노력할 것이다.

마산동 다목적구장도 준공되었다. 마산동 618-5 자원화센터 입구에 위치한 다목적구장은 족구와 풋살 겸용으로 활용될 예정이며 농구와 배드민턴도 할 수 있는 공간까지 마련되었다.

신도시 내에 체육시설을 마련할 만한 공간이 여유롭지 않아 애로점이 많지만, 유수지와 공원의 공간을 활용해 지속적으로 체육 인프라를 확충해 나갈 것이다.

그리고 6월 25일, 내가 명예해병이 되었다. 필승!

한강하구 중립수역 항행 및 남북공동조사, 한강 철책제거 사업, 남북교류협력사업 등 해병대와 함께 김포시가 평화도시로 부각되는 데 기여하고, 장릉산 군부대 이전 등과 관련해 군부대를 방문하여 시민의 의견을 전달하고 개선방안을 모색하는 등 시민 및 군

공동 숙원 해결에 노력, 애기봉평화생태공원에 남북평화의 종이 설치되도록 예산을 지원하는 등의 공로였다.

명예 해병증

　김포시의회 제212회 임시회에서 김포시 광역철도 타당성 조사 및 전략계획 수립과 인천2호선 고양 연장사업 사전타당성 조사 연구용역비 7억 원이 통과되었다.

　이번 용역에는 제4차 국가철도망 구축계획 확정 고시에 따른 김포시민들의 교통복지 실현과 삶의 질 향상을 위한 최적의 광역철도망 확충을 위한 논리 개발 및 전략 수립, 서부권 광역급행 철도사업의 단기·중기 단계별 추진 방안 마련, 서울5호선 김포연장사업의 지자체 간 합의 및 경제성 향상 확보 방안 마련, 김포시 철도망 신규노선 발굴 검토, 인천2호선 고양 연장사업의 지자체별 역할(건설 및 운영비용), 역사계획 등 최적방안 선점 및 신속한 추진을 위한 내용이 담길 예정이다.

광역철도 타당성 용역은 10월 입찰공고, 11월 착수, 23년 2월경 준공될 예정이며 인천2호선 용역은 22년 9월경 준공될 예정이다. 김포시민의 염원인 광역철도망 구축을 위한 노력에 최선을 다할 것이다.

찬 바람이 조금씩 불어오면 책을 가까이하고 싶어진다. 9월 30일 마산도서관이 문을 열었다.

이른 아침부터 많은 사람들이 줄을 서서 문이 열리기를 기다렸다고 한다. 그동안 도서관 개관을 얼마나 염원해 왔는지 느낄 수 있다.

여행을 테마로 한 마산도서관

마산도서관은 마리미공원 뷰로 쾌적함을 더하고, 접근성도 좋아 앞으로 신도시의 핫 플레이스가 될 것 같다. 비록 4만8천여 권의 책으로 시작하지만 앞으로 이곳에서 더 많은 책과 인문학 강의를 비롯하여 다양한 강좌와 문화행사를 즐길 수 있을 것이다.

우리 김포시에 특색 있는 도서관들이 많이 건립되기를 희망한다.

10월 7일 애기봉 평화생태공원이 오랜 기간 재정비를 마치고 개관하였다.

개관을 대비해 이미 8월에 김포시의회에서 현장점검을 나간 바 있다. 이날 시 관광진흥과장과 김포문화재단 대표이사로부터 애기봉 평화생태공원의 기본현황, 추진경과, 시설구성 및 관리계획 등에 대한 보고를 청취하고, 전시관 및 조강전망대를 방문해 조강 전망대에 연결된 흔들다리 공사현장을 점검했었다.

나는 관계자들에게 애기봉 평화생태공원을 조성하고 다양한 시설을 갖추기 위해 노력해 주셔서 감사하다는 인사를 전하며 실향민은 물론 많은 시민이 찾는 명소가 될 수 있도록 개관 전까지 철저히 준비해 달라고 당부했었다. 무사히 개관하게 되어 무척 기쁘다.

애기봉 평화생태공원은 남과 북의 화합과 협력, 평화 교류를 위한 장으로, 그리고 생태가치를 보존한 김포의 대표적인 랜드마크가 될 것이다.

북한이 지척에서 보이는 애기봉이 실향민은 물론이고 젊은이들까지 불러들일 수 있는 특색 있고 차별화된 공간이 되었으면 좋겠다. 이를 위하여 이것저것 구상 중이다.

모쪼록 역사, 미래, 자연을 담은 애기봉 평화생태공원이 김포를 넘어 대한민국, 그리고 전 세계인에게 평화의 상징이 되기를 염원한다.

애기봉평화생태공원 개관식 축사

2016년 2월 제162회 임시회에서 "한강신도시 수(水) 체계시설 농업용수로는 부족하다."라는 5분자유발언을 시작으로, LH와의 줄다리기 끝에 11월 9일 70여억 예산을 받아 팔당원수 유입 관로 공사를 마치고 통수식을 가졌다. 오래 걸렸지만 5년 만에 성과를 거두었다. 내년부터는 좀 더 깨끗하고 맑은 물을 라베니체를 비롯한 실개천, 호수공원 등에 공급할 수 있게 되었다. 미력하나마 내가 일익을 담당한 것 같아 보람을 느낀다.

가을밤의 정취가 물씬 풍겨나는 라베니체 상가 발코니. 그곳을

변화하고 있는 라베니체

런웨이 삼아 멋진 의상을 입고 모델들이 워킹을 하고 있다. 시니어 패션쇼에 출연한 모델은 3대 1의 경쟁률을 뚫고 선발된 김포주민들이다. 2달여 동안 맹연습 후 런웨이에 섰다.

민원이 빗발쳤던 라베니체의 성공적 변신이다. 낮에는 버스커들의 공연장으로, 밤에는 패션쇼장으로 하루가 다르게 다양한 문화공간으로 시민들이 찾는 명소가 되어가고 있다.

11월 10일은 김포의 역사를, 대한민국의 역사를 새로 쓴 날이다.

50년 동안 한강을 가로막고 있던 군 철책을 제거하는 순간을 맞이했기 때문이다. 우린 한강과 조금 더 가까워졌고, 평화와 통일과도 조금 더 가까워졌다.

비록 바깥쪽 철책만 제거하는 것이지만 조만간 철책이 모두 제거되어 한강을 시민 품으로 되돌려 줄 날이 머지않아 올 것이라

한강 군 철책 제거

믿어 의심치 않는다.

바깥쪽 철책이 제거되면 군에서 경계근무를 서던 구간은 자전거길, 산책길로 정비되어 시민들이 사용하게 된다.

지난해에 이어 올해까지 코로나19의 전 세계적 유행으로 우리 모두가 엄청난 고통을 겪고 있다. 그러나 이러한 어려운 상황에서도 김포시의회는 김포시가 자율성과 투명성이 강화된 지방자치시대를 맞이할 수 있도록 올 한 해 동안 열심히 뛰었다.

코로나19의 신속한 대응, 대 집행기관 업무개선, 원활한 원 구성 및 협치를 선도하였고, 신도시 내 공원과 유수지 자투리 공간을 활용한 각종 편의시설 설치와 신도시 대중교통체계 개선에 앞장서 왔다. 앞으로도 발로 뛰며 시민과 소통하는 현장 중심의 의정활동은 계속될 것이다.

도시의 철학이 담긴
김포만의 여성친화도시

지역정책과 발전과정에 여성과 남성이 동등하게 참여해야 한다는 목소리가 높아졌다.

'평등', '안전', '여성참여 활성화'를 목표로 지난 2009년 익산시에서 시작된 '여성친화도시'가 그것이다. 지금은 모든 지방정부에서 그 취지와 정책적 성과에 공감하며 앞다퉈 도입하고, 여성가족부로부터 지정을 받기 위해 노력을 기울이고 있다.

지난 1월 여성가족부는 96개 지방정부에 대해 2021년 여성친화도시로 지정 또는 재지정을 했다. 그중 경기도는 14개 시가 지정됐는데, 안타깝게도 2014년 여성친화도시로 지정됐던 김포시는 2019년 재지정에 실패하며 지역사회 여성친화 생활환경을 되돌아보는 계기를 맞았다.

사실 여성친화도시라는 용어는 김포시와 인연이 깊다. 여성친화도시 용어가 공식적으로 쓰이기 시작한 것은 2006년 김포한강신도시 개발계획에 기원한다. 이후 도시개발에 여성친화도시의 개념이 도입되고 널리 사용하기 시작된 여성친화도시!

그런데 김포시가 2014년 여성친화도시 지정 이후 더 많은 양성평등 정책과 여성의 경제·사회 참여 확대, 더 안전한 지역사회 환경 조성, 여성의 경력유지와 지역사회 활동역량 강화를 위해 많은 정책을 수행하며 지원했는데 왜 여성친화도시로서 인정을 못 받은 것일까?

그 원인이 무엇인지를 짚어보고자 정책토론회를 열어 좌장을 맡아 전문가, 여성, 지역활동가의 다양한 목소리를 경청했다.

여성친화도시 정책토론회

먼저 가장 큰 문제점으로는 여성친화적 관점에서 김포시에 속해 있는 각 부서의 관심과 연계가 부족하다는 지적이다.

행정 서비스의 하나로 여기며 여성정책 부서만의 일로 접근하다 보니 지역공동체 활성화사업, 마을공동체 사업 등의 이름으로 부서 격벽에 갇혀 있는 여성 친화도시 사업이라는 한계점이 지적됐다.

또한 이러한 사업들이 민간 주도가 아닌 시청 여성정책 부서 주도로 진행되다 보니 지속 가능한 발전방향을 모색하지 못하고 교육과 워크숍으로 진행된 단발성 사업에 그쳐 민간 확산이 더디다는 지적도 잇따랐다.

토론회에 참가한 한 패널의 비판의 목소리는 더욱 현실감이 있었다. 우리나라뿐만 아니라 모든 나라의 여성들이 공통적으로 고민하는 부분이 육아와 일의 병행이다. 여성이 육아로 인한 경력단절을 극복한다 하더라도 직장에 출근하기 전 아이를 맡아 줄 돌봄기관을 찾는 것이 쉽지 않아 애써 찾은 일자리조차 전념하기 어렵다는 현실을 전하며 마을 돌봄센터의 필요성을 강조했다.

이러한 목소리를 모아 지난 2월부터 여성친화도시 연구모임을 결성해 현장에서 활동하고 있는 여성의견 청취에 나서봤다.

김포를 대표하는 여성단체협의회를 시작으로 여성기업인 등 다양한 직능 단체와의 만남부터 시작해 경력단절여성 활동 모임인 '함께하는 맘'과 토크 콘서트를 열며 의회를 통한 여성정책 수립과정에 참여할 수 있는 길을 열어봤다.

현장의 반응은 매우 고무적이었다. 의회를 통한 의견 제시만으

여성친화도시 연구모임과 함께하는 맘 공동주관 북콘서트

로도 정책적 반영의 기대감이 높았다.

　김포시 또한 여느 도시 못지않게 경력단절을 지원하는 여성새일
센터, 육아종합지원센터 등을 건립하며 그럴듯한 모습은 갖췄다.
　또한 도시안전정보센터를 통한 촘촘한 방범망 구축, 시민안전
귀갓길 조성 등 모두가 안전하게 다닐 수 있는 여건, 공공시설의
안전에 힘을 쏟고 있다.
　이제는 이러한 외형적 시정 정책에 더해 더 넓고 직선적인 길을
열어야 한다. 예를 들어 여성기업인과의 계약에 있어 수의계약 범
위 우대가 상징적인 수준을 넘어 실질적으로 현장에 도달되도록
시정정책을 펼쳐야 한다.

여성 정책에 있어서도 경력단절 재취업을 위한 새일센터 등 중앙정부의 추진 사업에 더해 지방정부의 대폭적인 지원으로 고용환경을 지원해야 한다.

또한 지역 네트워크가 상호 활동할 수 있는 지역 거버넌스 조성에 지방정부가 적극적으로 나서 환경을 조성해야 한다.

무엇보다 참여로 인한 소속감과 자존감을 높여주는 것이 가장 중요하다. 여성, 장애인, 노약자 등 여성친화도시 중심에 있는 이들이 지방정부의 정책 참여에서 정책 환류의 한가운데에 위치해 사회적 존재감을 높여주는 생태계 조성이 성공으로 가는 열쇠이다.

여성친화도시를 주제로 현장에서 만나 본 그들의 목소리 한편에는 시정정책을 함께하고 있다는 사회적 자존감이 어느 때보다 높았다는 것을 다시 한번 생각하는 이유다.

도시의 철학이 담긴 김포만의 여성친화도시, 내가 꿈꾸는 행복한 김포의 미래다.

가끔 운명에 대해 생각해 보곤 한다.

'내가 지금 하고 있는 이 일이 나에게 운명이었을까?'

생각하면 생각할수록 운명인 것 같다. 2010년 민주당 비례대표 제안을 받고도 '내가 무슨 정치를 해…'라고 생각하면서 나는 주변 사람들한테 묻고 있었다. "나 출마해도 될까?"

나를 아는 사람들은 말했다. "도전해 봐. 이런 기회 흔치 않을걸."

나는 흔치 않은 기회를 놓치지 않으려고 그 기회를 잡았다. 이 책을 쓰면서도 내가 살아온 과정을 자꾸 되새겨 보았다.

어릴 때부터 부모님이 가르쳐 주신 대로 정직하려 했고, 배려하려 했고, 성실하려 했다.

20~30대 직업이었던 기자, 요가강사가 나를 육체적으로 정신적으로 단단하게 만들어 주었다.

살면서 겪은 패배감, 절망감, 슬픔이 도전하는 법을 알려주었다.

이 모든 것이 나에게 자양분이 되었고, 결국 지금의 나를 만들었다고 생각한다.

"봄이 아름다운 건
추운 겨울을 이겨냈기 때문이죠.
추운 겨울을 이겨내지 않았다면

봄은 누구도 기다리지 않는 평범한 계절이었을 거예요."

추천사를 부탁했을 때 선배님이 내게 해주신 말씀이었다. 누구에게 나 겨울은 있고, 그 겨울을 이겨내면 봄이 온다는 말. 너무나 평범한 말인 듯하지만, 가슴에 와 닿았다. 이 책의 제목이 탄생하게 된 이유 이기도 하다.

추운 겨울을 이겨내고 핀 봄꽃을 보면 가슴이 설렌다. 그 꽃잎이 바람 에 흩날리면 온 세상이 희망으로 가득 찬다. 지금의 나는 겨울을 이겨낸 봄꽃이다. 그 봄꽃이 바람에 흩날리며 세상에 희망을 뿌리려 한다.

12년간의 의정활동을 하는 동안 힘들고 어려운 일들도 많았지만, 그 의정활동을 통해 김포를 조금은 변화시켰다고 생각한다.

지금도 기초의회 무용론을 주장하는 사람들이 많이 있지만 나는 시 민과 의회, 그리고 집행기관은 서로 견제와 감시 속에서 조금씩 발전 해 나가는 관계라고 생각한다.

기초의회가 지역을 위해 어떤 일을 하는지, 그리고 왜 중요한지를 나의 글을 통해 알려드리고 싶었다.

기초의회는 지역주민의 관심과 사랑 속에서 무럭무럭 성장할 수 있 다. 지방자치 32년! 선배 의원들의 역할로 지방정부가 조금씩 변화를 가져왔듯이 앞으로 더 훌륭한 후배 의원들에 의해 지방정부가 제대로 성장해 가기를 바란다.

끝으로 이 책을 쓰는 내내 격려를 아끼지 않았던 남편과 영원한 내 편들, 선배·동료의원님들, 그리고 지금까지 신명순이란 이름 석 자 를 늘 지지하고 응원해 준 김포 시민들께 마음 깊이 감사의 인사를 드린다.

같은 편

서로를 견딘다는 건 담쟁이덩굴과도 같습니다.
잎을 틔우기 전에는 앙상한 줄기뿐이지만,
날이 깊어질수록 하나씩의 길을 더 내며
서로에게 무성해지는 것.

궂은 날에는 빗물 같은 눈물을 흘리기도 하고,
화창한 날에는 소박한 꽃 한 송이 피우기도 하는,
그러면서도 절대로
서로를 먼저 놓는 법 없는.

하늘을 향한 한 줄기 그리움이 벽을 타고 올라갑니다.
언젠가는 닿으리라는 희망을 안고.
같은 쪽을 바라보며 같은 마음으로
발걸음을 옮길 수 있다는 건 얼마나 멋진 일인지요.

가족이든 친구든 연인이든
눈길을 떼지 않으며
서로를 견디며 지켜주는 것,
삶은 그래서 또 행복합니다.

2022년 1월

신명순

권선복 | 도서출판 행복에너지 대표이사

"제대로 소통하고 제대로 실천하는 신명 나는 세상"

장기화된 코로나19로 인하여 경기 침체는 물론 사회분위기 자체가 불안해지고 있다. 그러나 나는 어려운 시기일수록 더더욱 기본으로 돌아가야 한다고 생각한다. 그 기본의 뿌리가 바로 올바른 정치다.

혼탁한 정치상황 속에서도 견인불발(堅忍不拔)의 정신으로 한 걸음씩 전진하여 오롯이 자신만의 길을 만들고 넓혀 가는 이가 있다. '신명 나는 세상'을 열어가는 신명순 김포시의장이다.

김포시 최초 민주당 여성 비례대표 시의원, 김포시 최초 여성 부의장, 김포시 최초 여성 3선 의원, 김포시 최초 여성 의장 등 그의 이름 앞에는 항상 '최초'라는 수식어가 따라붙는다. 그렇게 그는 12년째 초심을 잃지 않고 활발한 의정활동을 펼치며 김포의 새로운 역사를 써 내려가고 있다.

278

김포시의장으로서 의장실에 앉아 찾아오는 사람들만 만나는 것이 아니다. 현장을 발로 뛰며 시민과 시의회를 연결하는 소통의 통로 역할을 함과 동시에, 무턱대고 비판만 하는 대신 그 대안을 제시하고, 탁상입법이 아닌 현실적으로 시민들에게 도움을 줄 수 있는 법안을 만드는 데 매진하고 있다.

신명순 의장은 언제나 겸손하고 낮은 자세로 시민들의 곁을 지키며 시민들의 권익을 위하여 최선을 다하는 섬기는 리더십을 지니고 있다. 오늘날 대한민국의 정치상황에 꼭 필요한 리더십이 아닐 수 없다.

신문기자에서 요가강사를 거쳐 현재는 김포시의회 의장으로서, 더 편안하고 행복한 김포시를 만들기 위하여 현장과 소통하고 원칙과 소신을 지키며 빛나는 미래를 향해 오늘도 뛰고 있는 신명순 의장.
제대로 소통하고 제대로 실천하는 그와 같이, 묵묵히 자신의 자리에서 맡은 바 사명을 다하는 이들이 많아져서 신명 나는 세상이 되기를 소망한다.
아무쪼록 독자 여러분 모두, 이 책 『추운 겨울을 이겨낸 봄꽃처럼』을 통하여 편안한 위로를 얻고 희망의 꽃을 피워 행복에너지가 팡팡팡 샘솟기를 기원 드린다.

'행복에너지'의 해피 대한민국 프로젝트!
〈모교 책 보내기 운동〉

대한민국의 뿌리, 대한민국의 미래 **청소년·청년**들에게 **책**을 보내주세요.

많은 학교의 도서관이 가난해지고 있습니다. 그만큼 많은 학생들의 마음 또한 가난해지고 있습니다. 학교 도서관에는 색이 바래고 찢어진 책들이 나뒹굽니다. 더럽고 먼지만 앉은 책을 과연 누가 읽고 싶어 할까요? 게임과 스마트폰에 중독된 초·중고생들. 입시의 문턱 앞에서 문제집에만 매달리는 고등학생들. 험난한 취업 준비에 책 읽을 시간조차 없는 대학생들. 아무런 꿈도 없이 정해진 길을 따라서만 가는 젊은이들이 과연 대한민국을 이끌 수 있을까요?

한 권의 책은 한 사람의 인생을 바꾸는 힘을 가지고 있습니다. 한 사람의 인생이 바뀌면 한 나라의 국운이 바뀝니다. **저희 행복에너지에서는 베스트셀러와 각종 기관에서 우수도서로 선정된 도서를 중심으로 〈모교 책 보내기 운동〉을 펼치고 있습니다.** 대한민국의 미래, 젊은이들에게 좋은 책을 보내주십시오. 독자 여러분의 자랑스러운 모교에 보내진 한 권의 책은 더 크게 성장할 대한민국의 발판이 될 것입니다.

도서출판 행복에너지를 성원해주시는 독자 여러분의 많은 관심과 참여 부탁드리겠습니다.

도서출판 **행복에너지** 임직원 일동